ざくろちゃん、はじめまして

藤崎彩織

水鈴社

もくじ

妊娠・出産編

育児編

あとがき

装丁　名久井直子

ざくろちゃん、はじめまして

妊娠・出産編

出産宣言

五年間付き合っていた彼との結婚を決めたとき、すぐにSEKAI NO OWARIのバンドメンバーとスタッフに言わなくては、と思ったことがある。

彼らとは毎日のように顔を合わせていて、仕事でもプライベートでも起きたことはなんでも話し合う仲だ。次のシングル曲のアレンジ、男女平等とは何を目指したらいいのか、取材で会ったカメラマンさんの変な癖からパートナーとの喧嘩《けんか》についてまで、ありとあらゆることを明《あ》け透《す》けに話していた。

にもかかわらず、私は一つだけ伝えられていなかった。

それも、かなり重要なことを。

「結婚するということは、妊娠したら出産するということだからっ」

言ったというより、啖呵《たんか》を切った感じになった。

自分の口から出た声が想定していたニュアンスとはちょっと違ったので、「っ」の部分を訂正するように、「別に、普通のことを言っただけですけど」という毅然《きぜん》とした顔を作り直した。

そして一人になってから、ヨシやっと言ったぞ、とガッツポーズを作った。


妊娠したら出産する。

三十歳を超えていて、五年も一緒にいるパートナーと結婚していれば当たり前のことかもしれないけれど、それは私にとって大きな宣言だった。

誰かに「今妊娠しても堕《お》ろすしかないよ」みたいな酷《ひど》いことを言われたことはないし、仲間たちに「こんな忙しいときに子どもを作るな」なんて言う人もいない。

昨今は『プレ・マタハラ』なる言葉もあって、「入社して三年以内は子どもを作らないのが常識」とか「出産しない方がキャリアが保てるよ」など、妊娠時期を調整・妨害するようなことを言ってはいけないということが話題になりつつあるけれど、周りの人からそういうことを言われたことは一度もなかった。だから、突然啖呵を切らなくてはいけない直接的な理由はない。

でも、私はいつもどこかで「こんな忙しいときに子どもを作ったら、みんな困るだろうな」と思っていたし、「今はバンドにとって、子どもを作るタイミングじゃないな」という大きな流れのようなものも感じていた。

そしてそれは誰も口に出さなかったけれど、メンバーやスタッフも、「サオリちゃんはバンドの流れを感じているはずだから、妊娠によって突然活動できなくなるようなことにはならないだろう」

と考えていることは私もわかっていた。

子どもは欲しい。

でも、いつ妊娠してもいい訳ではなかった。

私以外のバンドのメンバーは三人とも男性で、彼らのパートナーが急に妊娠したとしても仕事が出来なくなることはない。私だけが、妊娠でバンドを止めてしまう可能性がある……というプレッシャーは、いつも頭の片隅にあった。

妊娠したらしたで、またスケジュールを組み直せば良いし、子どもは授かりものだというのも、今になってみればわかる。

でも、バンドのスケジュール、特にツアーの会場取り合戦は一年〜二年前から始まっていて、どのアーティストもお客さんが来やすい土日のスケジュールが欲しいので、早め早めに先のスケジュールを決めてしまおうとする。

そうやってチームが何年も前から取り組んできたプロジェクトの途中で、もしかすると自分の妊娠出産が気まずいニュースとして扱われるかもしれない……と思うと、どんなに夫との付き合いが長くなっても、勢いに任せて妊娠するのは避けようと思うのだった。

一人出産した今なら、

「大変やけど、みんなサポート頼むでえ！」

と生まれ故郷の大阪弁で言い放ち、膨《ふく》らんだお腹をぽんっと叩いて笑っといたらええねん、と思う。

妊娠出産がどんなに感動的なことなのかを知った今なら、仕事のタイミングなんてどうにでもなるねん、とも思う。

でもそのときは、私が妊娠したらメンバーやスタッフたちはどう思うだろうと心配だったし、バンドのキャリアが台無しになる、と落胆する人がいるかもしれない、と考えていた。

だから、結婚を機に宣言をしたかったのだ。

「お、おう」

メンバーの深瀬くん、なかじん、ラブさんとスタッフたちは、みんな困惑しながら頷《うなず》いていた。

それがどういう意味なのか、何が起きるのか、どうしたら良いのかよくわからないけどとりあえずわかった、という顔だった。それは実際、

「妊娠したら出産するということだからっ」

と一旦は啖呵を切ってみた私にも、実際よくわかってはいなかった。

その時点では私以外のSEKAI NO OWARIのチームは男ばかりで、妊娠出産を経た人が一人もいなかったのだ。


それは、未開の地を開拓するようなものだった。

本人ですらわからない、妊娠・出産・育児とはなんぞやということを仲間たちに説明して、理解してもらわなければならなかった。

今なら、そこまで考えなくて大丈夫、そんなに無理しなくても何とかなる、と思えるようなことも、ほらほら、案ずるより産むが易《やす》し！　と肩を叩くしかないことも、一つ一つじっくりと考えて対峙《たいじ》しなければならなかった。

今ならわかる。でも、妊娠したときは何もわからなかった。

妊娠発覚

結婚して三ヶ月ほど経った頃、アメリカへ行くことになった。

アメリカ滞在の目的は、英語の楽曲制作やMV収録、そして私たちと一緒にプロモーションをしてくれる人たちを探すためだった。謂《い》わば、コネクション作り。

アメリカで私は、いつも「サリー」と名乗っている。アメリカ人には「サオリ」という発音が難しく、「ソーリー」に聞こえてしまうこともあるからだ。

「お名前は？」

「アイムソーリー」

「どうしたの？　具合悪い？」

という流れを何度か経て、私はめでたくサリーになった。

サリーはアメリカのテレビドラマシリーズ『デスパレートな妻たち』をだらだらと見続けて覚えた英語で、何とか会話を持たせようと頑張っていた。

「ヘイ、サリー。このテキーラはロサンゼルスで一番美味《うま》いんだぜ！」

アメリカで曲を一緒に作ったモヒカンのミュージシャンが、机にいくつものショットグラスを並べる。私の経験上、アメリカ人はすぐに「一番美味い」という構文を使って食べ物や飲み物を勧めてくるけれど、みんなが「一番」を使うので、誰を信用したらいいかわからない。

「テキーラを飲むと毎回二日酔いで後悔するから、私はいいや」

普段、日本にいるときはそう答える。それなのに、

「本当？　ＯＫ、確かめてみるわ！　ねえみんな、テキーラ飲む人はいる？」

何故かサリーになった私はパリピだ。

『デスパレートな妻たち』に出てくる登場人物たちは、結婚と離婚、浮気や不倫を繰り返し、問題が起きるたびにしょっちゅうパーティを開いている。英語の勉強のために何度も見返してきたけれど、パーティ英語ばかり上達しているのかもしれない。

私は「フ～！」と日本では絶対に出さない高音域の声を発しながら、ロスで一番美味いというテキーラのショットグラスを一気に傾けた。アルコールが頭に回る前に、半月形のライムを齧《かじ》る。

「オーマイゴッド！　ディスイズ　アメイジング！」

指先を天井に向けて、『妻たち』がやっていたように神の名を呼ぶ。ゴッドは、自称アメリカで一番美味いテキーラが飲まれる度に呼ばれているのだろう。多分、一番美味いハンバーガーでもステーキでも、とにかく引っ張りだこ。日本語では滅多に呼ばない神の名を、こんなに気軽に呼んで良いものだろうか。

ロスで一番美味いかどうかはわからなかったけれど、私はその日三杯か四杯か、もしかしたらそれ以上のテキーラを飲んだ。

まだ酔っていないうちにお酒の弱いラブさんが一人で帰ったことまでは覚えている。その後は、なかじんと深瀬くんと、コラボ相手のモヒカンのミュージシャンの四人でゆるいダンスをしながら、永遠にアルコールを飲んでいたような気がする。

次の朝、起きた瞬間に「もう二度と酒は飲まない」と思ったのは言うまでもない。酷い頭痛と吐き気で、ベッドから起き上がる気にもなれない。気持ち悪い。水が欲しい。日本に帰ってポカリを三本、一気飲みしたい。

いくらコネクションを作るためだと言っても、こんなに酷い二日酔いになるほど飲む必要はない。

私は着ていた服を畳まずにスーツケースに放り投げた。今日は日本に帰国する日だったので、前日「いくら飲んでもどうせ荷造りして飛行機で寝るだけ」と思っていたのに、荷造りをする気力も湧いてこない。

ハンガーにかかっていた服や洗濯していない下着を押し込み、髪の毛のコテも歯磨きも化粧道具も変換器も、置いてあった場所からスーツケースへとシュート……ケースを閉じてから上に乗っかって、無理やりジッパーを閉めた。

もしも荷物を預けるときに「ちょっと中身を確認させて下さい」と言われたら、開けた拍子にさっきまではいていたパンツがぴょんっと飛び出すだろう。そのときは、帰国出来なくても良いから「それを開けるな！」と英語で叫ぼうと思った。

空港には同じく気分が悪そうな深瀬くんと、元気そうなラブさんとなかじんの姿。ラブさんは早々に帰ったからわかるにしても、なかじんが全く二日酔いになっていないことに驚いた。やはり、筋肉の差なのだろうか。

なかじんの隆起した胸板や引き締まった腹に比べて、私の体は真夏日に放置された漬物のよう。全身から、正体不明の酒の匂いがする。そんな状態で飛行機に乗るのは申し訳ない気がしたけれど、こんな私にも、東京に戻れば結婚したばかりの夫がいる。

しかも私たちは結婚するまでお互い別のシェアハウスに住んでいたので、同棲も始めたばかり。正真正銘の新婚夫婦なのだ。

日本に帰ってから数日経っても、頭痛は治らなかった。いくら飲んだと言っても、そのまま三日も四日も気分が悪いことはまずない。

ロサンゼルスとの時差は十六時間。私は子どもの頃から入眠障害があるのでいつも時差ボケを上手く治すことが出来ず、体のどこかに不調が出てしまうことが多い。今回もきっとそうなのだろう、とスケジュールを確認した。

夕方からラジオ収録が一本。それまでに時間があるから、ロキソニンを飲んで支度をしよう。

そう思いながら化粧台の引き出しにある薬を取り出した瞬間、ふと、

「もし妊娠していたら、ロキソニンを飲んだらまずいのかな？」

という考えが頭に浮かんだ。

それはまるで神のお告げのようで、自分でもどうしてこんなことを急に思うのか不思議だった。身に覚えがない訳ではないけれど、結婚してから三ヶ月、全国ツアーとアジアツアーが続き、新居を借りたばかりなのに数日しか家に戻っていない。あまりに帰れていなかったので、仲間たちに、

「ちゃんと家までたどりつくかな〜」

と話しながらアメリカから帰ってきたくらいだ。

そもそも二日酔いになるほどテキーラを飲んだ後。心配するにしても遅すぎる。

それでも一応、外出していた夫に電話をかけて、

「ねえ、頭が痛いからロキソニンを飲もうと思ったんだけど、飲む前に一応検査薬をした方がいいと思う?」

と聞いてみた。

「検査薬って何の?」

「妊娠の」

「えっ!?　そんな大袈裟《おおげさ》な」

私だって同じ気持ちだった。まさかあの数日間だけで、と夫も思うのだろう。

「まあ、安心して薬を飲むためにやってみようかな」

「うん、それは良いんじゃない?」

夫の軽い返答を聞いて、私は近所の薬局で妊娠検査薬を買ってくることにした。

長方形の箱を開け、妊娠していない場合は一本、妊娠の可能性がある場合は二本の線が出るという説明書きを読む。トイレで下着を下ろし、尿をかけてみる。

尿検査にしても妊娠検査薬にしても、私はこの尿をかけるという行為が苦手だ。尿が紙コップに当たって「バババババ」という大きな音をたてると焦ってしまうし、その拍子に尿

が指に跳ね返って大惨事になったこともある。

何とか尿をかけることに成功し、一分後、検査薬を見てみると、妊娠を示す赤紫色の二本線が浮かび上がっていた。アディダスの三本線にも負けない、はっきりとした二本線。

オーマイゴッド！

頭の中でテキーラを飲んでメンバーやモヒカン男と踊ったゆるいダンスがぐらぐらと再生される。馬鹿野郎、そんなふざけたダンスを踊ってんじゃないよ！

おいおいおい、大丈夫なのかこれは。

「妊娠してた……」

「え!?」

夫の方も驚きのあまり、「マジか」「いやマジか」と繰り返していた。

妊娠したら出産する。そう言い切ってみたものの、実感を持てていなかった私は、思いの外《ほか》早く子宝に恵まれることになった。

妊娠六週

君はざくろの種

都会のど真ん中にある産婦人科へ行くことになった。

そこで出産したいという強い意志があった訳ではなく、私たちのマネージメント事務所の親会社が契約している病院があったので、他を調べることなく何となくそこに決めた。

本来その契約は私のような者のためではなく、親会社の方に所属する俳優や女優さんたちが気づかれずに病院に通うためだと思うのだけれど、その病院なら私も誰にも見られずに検査を受けられるワ！　と瞬発的に思った。

実際のところ、いくら人前に出る仕事をしているとはいえ、有名女優やアイドルでない三十歳の既婚者が妊娠した事実を無理に隠す理由はない。すぐに大っぴらにする必要はなくても、悪いことをしている訳ではないのだからバレても大きな問題にはならない。

ただ、何となく、

「みんなギリギリまで隠してるっぽいから、私もそうしよう！」

とハイになっていた。

普段の私は電車にも乗るし飲食店の個室も滅多に使わないし、松屋でおろしポン酢牛めしをカウンターで食べてスーパー銭湯で原稿を書いているくせに、妊娠した途端舞い上がり、芸能人ぶりたくなってしまったようだ。

その病院に着くとコンシェルジュさんから裏口に案内され、他の患者さんと鉢合わせないように、医療器具が置いてある倉庫みたいな所を歩いて診察室に通された。芸能人ぶっていたら、急に自分の妊娠が本当にトップシークレットのように扱われている。まるで週刊誌から逃げて生活している芸能人たちの仲間入りをしたような気持ちになった。

診察室に辿り着くと、先生が立ち上がって迎えてくれた。

「はじめまして、サオリさん！」

今回の妊娠で担当になってくれたオペラ先生である。

声楽家のような通る声ではっきりと話す口調は、いかにも『デキる女』という感じ。コンシェルジュさんもオペラ先生のことを「本当にお忙しい方ですけど、産婦人科では百戦錬磨《れんま》の先生ですよ」と言っていた。しっかりと描かれたアイラインの下の目力。信用出来る。私はすぐに心を開いた。

「実は妊娠していると思わなくて、結構お酒を飲んでしまったんです……」

椅子に座ってすぐに、私はオペラ先生に告白した。

何よりも最初にお酒の話をするのは恥ずかしかったけれど、言わない訳にはいかない。普段は酔いつぶれるほど飲むことは無いのに、何故今だったのか。後悔の念がじわじわと込み上げてきて、脳内で踊っているサリーをぶっとばしたくなる。

自業自得だ。わかっている。自分のせいだからこそ辛いのだ。

「あははは！　何を飲んだんですか？」

「あの……テキーラです」

「あははは！　大人しそうに見えて、やっぱりミュージシャンの方はテキーラとか飲むんですねえ」

いや先生、決してそういう訳ではなくてですね？

確かに音楽関係の人が集まると誰かしらがショットグラスを並べ始めるということはありますけど、それも一年に一回程度だし、飲めない人はノンアルコールで乾杯してます。私だっていつもはそうしてるんです。

といくら説明したところで、説得力がない。で、あんたは飲んだんだよね？　へえ、その通りで。落ち込んでいると、オペラ先生は、

「妊娠に気づくまでの超初期の期間にお酒や煙草をやっちゃったって人は結構多いんですよ。褒《ほ》められたことじゃないけど、それで異常が出るなら世の中もっと問題起きてますよ」

と肩を叩いてくれた。

「そ、そうですか」

「そりゃあ、勿論《もちろん》これからはダメですよ。でも、心配したって仕方がないことはしない方がいいんです。妊婦は、それでなくてもストレスかかるんですから！」

オペラ先生からエコー写真を受け取ると、白黒の地形のような写真の真ん中に黒い穴があいていた。それを胎嚢《たいのう》（赤ちゃんを包む袋）と呼ぶらしい。そして黒い穴の中にある小さな白い点が胎芽《たいが》、すなわち赤ちゃんだと言われた。

「これが……」

感動の一ページになりそうだと思って大袈裟に言ってみたけれど、正直よくわからなかった。画像が粗く、ただのノイズのようで球体にすら見えない。赤ちゃんだという説明を受けたので、念力を使うときのように頭の先端に力を込め、ノイズを我が子に変換して見てみる。

するとオペラ先生が冷静に、

「まだ妊娠六週なので、大手を振って『おめでとう』と言うには少し早い時期なんですけどね」

と言った。

先生によると、十二週までに流産してしまう可能性は三十代でおおよそ十五パーセント。この時点で受精卵の染色体に異常があると、一旦は着床しても成長しきれず、自然に流産してしまうらしい。

その場合は胎児側の異常でしかなく、母親が予防出来ることはないから、もしそうなっても気にやまないで下さいと先生は続けた。

「初期にお母さんが何をしたから流産する、ということはほとんどないんです。でも、あなたは仕事が忙しいでしょうから、働きすぎには気をつけてくださいね」

一度目の健診は血液検査や尿検査、体重測定などを含めて一時間ほどで終わった。私はオペラ先生に手を振られて、病院を後にした。


やっぱり妊娠している。

ビルの隙間に見える四角い空を眺めながら、私のお腹にいるらしい赤ちゃんをイメージしてみた。

「ざくろの種くらいの大きさですね」

オペラ先生、何でざくろ。しかも種。

携帯で調べてみると、実はざくろは子孫繁栄を表すおめでたい果実らしく、「ざくろの絵を飾ると子宝に恵まれる」とまで書いてある。知らなかった。

種の大きさは四ミリ前後。思ったよりも遥かに小さい。カブトムシの卵だってそのくらいの大きさはある。まだ全く膨らんでいない私のお腹の中に、そんな小さな生き物がいることが、信じられなかった。

ざくろちゃん、はじめまして。

心の中でそう呟《つぶや》いてみるのは、初めて神さまに祈りを捧げるような気分だった。


それから、私はスケジュールを確認した。

二〇一七年のSEKAI NO OWARIはアジアツアー、国内ツアー、シングルリリースにプロモーション……出産予定の十二月末どころか、出産一年後までびっしりとスケジュールが埋まっている。それに加えて、初の小説『ふたご』の発売を、年内に控えている。原稿はまだ六割程度で、相当な加筆が必要だ。

急に胃液がこみ上げてくる。

私ははっきりと、結婚したら妊娠する可能性がある、と宣言した。子どもが出来たら産みたいと思える年齢になり、五年付き合った人と結婚し、メンバーとスタッフが協力態勢にある確認を経て、満場一致の状態で妊娠したはずだった。

それなのに、この不安は何だろう。

私は妊婦のまま、本当にこんなスケジュールをこなせるのだろうか。このスケジュールは、オペラ先生の言う「働きすぎ」には当たらないだろうか。こなせなかったとしたら、楽曲リリースやライブのスケジュールはどうなってしまうのだろう。どこまで頑張って、どうなったら仕事を休むべきだろうか。

休んだとして、それはメンバーやスタッフから「甘えてる」「やる気がない」という目で見られないだろうか？　いやそもそも、そこまでやる気を保てるだろうか？

赤ちゃんが出来たというのに、喜ぶより先に仕事のことばかり考えてしまっている自分は、早くも母親失格であるような気がした。

迎え入れる準備は整っていたはずなのに、以前母が言っていた「まあ、妊娠したらどうにかなるやろ」という気持ちにはなれなかった。そう思うしか方法はないはずなのに、「何か起きたら、そのとき考えたらええねん」と言うことが出来なかった。

スムーズに妊娠できた、仕事が心配だと言うと、欲しいと思ってもなかなか子どもが出来なくて苦しんでいる人たちがいる、と批判されることがある。

自分は宝くじで一等が当たった人みたいに、大っぴらに言わない方がいいくらいの幸運を手にしているはずなのだ。それなのに手を叩いて喜ぶどころか、胸がつかえてしまうことが、情けなかった。


病院のあと、メンバーの待つスタジオへ向かった。

「ちょっと話したいことがあるんだよ」

四人揃ったところでそう言うと、私の言葉を待たずに、

「子どもができたんだね？」

深瀬くんが真に迫った顔で言った。

私が頷くと、なかじんとラブさんも「えー！」「いよいよ俺たちにもそういうことが！」と言いながら驚いていたけれど、誰からも「おめでとう」という言葉は出てこなかった。

おめでとうと思っていないという訳ではなく、「おめでとう」という言葉が似つかわしくないくらい、彼らは私の妊娠を自分たちのこととして受け止め、混乱しているような気がした。

わずか一年後には、ママになって全国ツアーをしている。

そんなことが本当にできるんだろうかと、私と同じように戸惑《とまど》っているのだと思った。

妊娠七週　ブルーベリーと眠る

妊娠発覚から一週間ほど経つと、夜眠たいことに気がついた。

今まで聞いたことはなかったけれど、どうやら「食べ悪阻《つわり》」や「吐き悪阻」の他に、「眠り悪阻」というものがあるらしい。ご飯を食べてお風呂に入ると、眠たくなってベッドに横になっているうちに眠ってしまう。ご飯を食べながら眠くなることや、お風呂に入っているのに眠気を感じることもあった。

夜に眠くなるというのは、一般的には当たり前なのかもしれないけれど、十代から不眠症を患っていた私にとっては衝撃的な出来事だった。

まさか、この私が夜に眠いなんて。

早めにベッドに入って眠ったまま、ふと目覚めた瞬間に時計を見ると、朝六時。思わず十本の指先を天井に向けて叫びたくなった。

オーマイゴッド！　神様、今こそ貴方《あなた》の名を呼ばせてください！　その節は美味しいテキーラを飲んだくらいで呼んでごめんなさい！

　そして泣いた。自分が周りの人たちのように、当たり前に夜眠り、朝起きられたことに感動して、ぽろぽろ涙をこぼしてしまった。

　この日まで私にとって『眠る』ということは、毎日迫り来る恐怖の一つだったのだ。中学生の頃から、ベッドに入ると冷や汗が出てきて、頭の中で「今夜も眠れない」「眠れなかったら明日も集中出来ない」という声がリフレインするようになった。それは大学を卒業してバンドでデビューしてからも続いていて、私は仕事をしながら慢性的な不眠症を抱えていた。

「今日こそ眠らなくては！」と意気込みすぎて、朝を迎えてしまうこともしょっちゅう。

　上手く眠れそうになってうとうとし始めても、

「キタキタキタァ、サオリ選手、眠そうだなあ!!　今夜は眠れるのか!?　眠れないのか!?　さあ、連続七日うまく眠れなかった記録を今夜こそ打ち破れるのかァ、出来なければ明日も無駄にするぜ!!　カンカンカーン!!」と、ハイテンションなセリフを頭の中で思い浮かべてしまい（声は藤森慎吾さんのイメージです）、また目がギンギン状態の振り出しに戻ってしまう。

　人に話すと「何それ」と笑われるのだけれど、大真面目な悩みだった。

世界一高いジェットコースターと言われていた『フジヤマ』に乗ったときに、最後の数秒意識を失いそうになって「あ、死ぬ」と思ったけれど、眠りに落ちるのはあの感覚に似ている。瞼《まぶた》を閉じ、真っ暗闇の中で自分の意識がなくなる……死と眠りは似ていないだろうか？

バンドのライブでは富士急ハイランドに散々お世話になったけれど、『フジヤマ』にはもうお世話になりたくない。「死ぬ」と思ったあの瞬間に、皆がどうやってリラックスしているのか私にはわからなかった。スヤスヤと眠りにつく周囲の人間が、手をぶらんと上げて毎夜『フジヤマ』に乗る勇気ある者に思えた。

それなのに。

私は気づいたら眠っていた。「サオリ選手、眠れなかったら明日も無駄にするぜィ!!」というアナウンスが鳴ることもなく、フジヤマにも乗らず、ベッドの上でちゃんと眠っていた。そんなことは何年振りだろう。

まさか、これが眠り悪阻？

でも、妊娠したとわかってから、まだ一週間しか経っていない。お腹も大きくなっていないし、胎動もないし、実感もない。そんなにすぐに、わかりやすく症状が出るものだろうか？

不眠は、十五年以上悩んできた症状なのだ。

眠れないのは自分の努力不足だと思い込み、徹夜した体でゾンビのように動き回り、朝まで起きている体に日光を浴びさせ、十種類以上の睡眠薬を試してきたのだからそんなに簡単に治ってもらっちゃあ困る。

いや！　困らないけど！

あまりに簡単に眠れてしまったので、ありとあらゆる方法を試してきたあの期間は何だったのだと言いたくなった。

もしかして、「妊婦は子どもを作るためにエネルギーを使っているので、いつもより疲れる」というイメージが、私の「眠れない」という負のエネルギーに打ち勝ったのだろうか？　そんなに都合のいいことが起きていいのだろうか？　それとも不眠症と眠り悪阻というマイナスの掛け算が、プラスの効果を生み出したとか？

私が泣きながら困惑と感動を後から起きてきた夫に喋り続けていると、彼に言われた。

「何でもいいよ。寝れてよかったね」

そうなのだ。一日の終わりと始まりを、妊娠したことによって遂に区切ることができた。

しっかりと眠れたあとの新しい一日の始まりは、涙が出るほど美しかった。まだ性別もわからない小さな命に向かって「君は親孝行だねえ」と呟いた。

もちろん、良いことばかりではない。

お酒を飲めないことに関しては諦めがついていたものの、生魚や生肉、珈琲、うなぎやチーズなどの食べ物についてはいつも葛藤《かっとう》がつきまとった。

それらは、お酒や煙草のように絶対にダメではなく、胎児に悪影響を与える可能性が少しでもあるものは控えましょうという曖昧《あいまい》な基準の食べ物なのだ。

控えるという制約は、『絶対に駄目』よりも葛藤を生む。

控えるという意味の、ごくたまになら良い、少量ならいい、出来ればしない方がいい、という言葉に引かれたラインに毎回、

「少量ってどんくらいやねん！」とか「出来ればって、食べても大丈夫ってことやんな？」

と、しつこくツッコミを入れてしまうのだ。

具体的には、

「昨日、刺身のマグロを一切れとタイを一切れ食べちゃったけど、そしたらもう来週くらいまで待つべき？」

「珈琲は一杯くらいなら飲もうかな？　それとも半分くらいにしておこうかな？」

「流石《さすが》にユッケはまずいよね？　この炙《あぶ》り生タンっていうのは？」

という感じに。

ネットで検索すると出てくる『妊婦が控えるべき食べものリスト』には、ある程度のガイドラインはあるものの、見るサイトによっても少しずつ見解が違うので、どうしても自分自身でラインを引く必要がある。

私の友人には「生魚も生肉も一口も食べない」「珈琲も緑茶も、カフェインのあるものは一切飲まない」という人も多い。凄すぎる。それが難なく出来るのなら一番良いのだけれど、私はそこまで自制心が強くないので、あと九ヶ月近くもの間ストレスがどんどん溜まっていくことの方が心配だった。

結局、医師に相談して、生魚ののっている寿司は一週間に最大二皿までに決めた。珈琲はデカフェ、うなぎや生肉やチーズは極力食べないというのを自分ラインに設定。

それでも、

「今日だけは……寿司を三皿食べてもいいかな？　この刺身小さいし」

と考えてしまう日があったし、その度に、

「でもやっぱりやめよう、何かあったら嫌だな」とか、

「この程度で何かある訳ないよね？　昔の人はこんな情報なかったし」

と思い悩む羽目になった。

普段人は生活していると、一日に三万五千回ほどの決断をしているらしい。普通の食事でも、「エビチリ定食にしようか麻婆豆腐丼にしようか、いや単品で餃子とレバニラっていうのもいいいな」とか、「朝ごはんは抜こうかな？　それとも食べたほうがいい？」などと考えるだけで、一日に二百回以上の決断が必要なのだという。

それなら妊婦は、食事だけで一体何百回の決断が必要なのだろう？

人は決断しすぎると、決断疲れで重要な決断が出来なくなってしまうらしい。私のことだ。たった一貫のマグロの前で、一体どのくらい腕を組んで過ごしただろうか。無駄だったとは言いたくないけれど、結果的には多くの無駄な時間を過ごしたと思う。仕事どころか、ご飯を食べる前に疲れている。

「はあ、まだ七週なのかあ……」

ため息をつきながら、子どもが今どのくらいの大きさなのかを調べてみると、パンパースのサイトに一覧が載っていた。我が子は、小さなブルーベリーサイズになっていた。

ベッドに横たわるいちご

飛行機の中で、大量の『ぷっちょ』が入った袋を開けた。妊娠八週あたりから、少しでもお腹が空くと吐き気がする。食べられるものも少なくなっていたけれど、何故かぷっちょを食べているときは調子がよかった。

とりあえず気持ち悪くなったらぷっちょを食べよう。食べられるものが見つからなくても、私にはぷっちょがある。合間合間でぷっちょを食べよう。きっと何とかなる。

そう言い聞かせながらも、袋の中からこちらを見上げる大量の『ぷっちょ君』の表情は、不安を隠しきれない私のようだった。どこか呆然《ぼうぜん》としていて、遠い世界のことを考えているような目。

わかるよ、ぷっちょ君。私も同じ気持ちだよ。

降り立った場所は、香港。

SEKAI NO OWARIは香港と中国二カ所（広州《こうしゅう》、成都《せいと》）をまわり、ライブを九日間で六度やりながらテレビやラジオに出る予定を組んでいた。妊娠していないときでさえ、「こりゃ詰め込んだな」と思う日程が、一般的に最も悪阻《つわり》が出やすいと言われている妊娠九〜十週にぴったりと重なってしまったのだ。

ホテルに着いてすぐに、香港プロモーションをしてくれたスタッフの方々と、打ち合わせもかねて鍋を食べにいくことに。

「さあ、明日から忙しくなるから、お酒を飲めるのは今のうちだけかもしれませんよ！」

プロモーターのチョーさんが、分刻みで組まれたスケジュールを見ながらニヤリと笑う。勿論、チョーさんは私が妊娠していることなど知る由《よし》もない。

香港と中国では初ライブなので、チョーさんは気合を入れてプロモーションのために奔《ほん》走《そう》してくれた、と聞いた。チョーさんには感謝してもしきれない。今回は自分たちの曲が海を越えて届いていることを見届ける、大きなチャンスになる。

それはわかっている。わかった上で、私の告白をどうか許してほしい。

真っ黒なスケジュール表を眺め、ぐつぐつと煮えたぎる鍋を不敵な笑みを浮かべてかき回しているチョーさんは、地獄にいる鬼にしか見えなかった。

いつもならぐいっとお酒を飲んでやる気を出す瞬間だけれど、勿論お酒も飲めない。しくしく。ビールもワインも、メニューにずらっと並んでいる大好きな紹興酒《しょうこうしゅ》も一滴も飲めない。

SEKAI NO OWARIのメンバーとスタッフたちが、じゃあビールで乾杯しますかと、青島《チンタオ》ビールをグラスに注ぎ始めた。お、美味しそう。青島ビールは日本のビールよりもアルコール度数が低く、飲みやすい。食事にもよく合う。今まで通り「うめー!」とジョッキを置く彼らが、急に遠い存在に感じる。

チョーさんが私のことを気にしてお酒を勧めてくれたけれど、

「妊娠してるんで飲めないんですよ」

と言うことが出来ずに、

「あ、私は大丈夫です」

と、顔の前で品良く手を横に振った。普段から、カルピスサワーくらいしかお酒を飲まない人がビールを勧められたときにやるジェスチャーだ。え、あんた誰? と心の中のサリーに嘲笑《ちょうしょう》される。

「六ヶ月になるまでは、妊娠していることは公表しないことにしよう」

それは、私と当時のマネージャーのキタさんとで決めたことだった。

理由はいくつかある。

まず、十二週になるまでは流産の可能性も高いので、早く発表しすぎてしまうと「流産しました」という発表もしなければならなくなること。これは妊娠した人なら誰もが直面する問題だろう。

次に、立ち居振る舞いについて色々と言われる可能性があること。

例えば、ヒールを履《は》いてテレビに出れば「妊婦なのに危ない」、食べたものについて報告すれば「それは妊娠中はダメ」などなど。勿論正しい指摘もあるだろうけど、予期せぬ批判を招いてしまうのは極力避けたい。

一番大きな理由は、リリースのためにテレビやラジオに出ても、新曲をさしおいて「妊娠おめでとうございます」という話題になってしまう可能性が高いということ。これにはかなり怯《ひる》んだ。おめでとうと言ってもらえることは嬉しいけれど、数分しかないトーク尺の中で、折角《せっかく》作った音楽の話が出来なくなってしまうのは私だって本意ではない。妊娠が話題をかっさらってしまわないためだった。

全ての理由に納得したし、同意した。近しいスタッフにすら言わなかったのは、もし情報が漏《も》れたときに、誰かを疑うようなことにならない方が良いとの判断からだった。

でも、本当に言わない方が良かったのだろうか?

香港二日目の朝、取材を受けながら、テキーラを四、五杯飲んだ次の日と同じくらい、体が重くだるかった。ただの一滴も飲んでいないのに、まるで二日酔いのよう。こんなの、美味しくない脂ましましラーメンを食べて太るのと同じだよ！　と悪態をつきながら何とか衣装に着替える。

私は広東語で「ドーチェドーチェ」（ありがとう）と記者さんの前で手を合わせながら、今にも床に激突してしまいそうな頭を何とか倒れないように保ちながら取材を受けた。だるさに加えて、眠くて仕方がない。小人がまぶたの上から負荷をかけていて、それを何度も眼球で上げるトレーニングをしているような気がする。そんな『チャーリーとチョコレート工場』に出てきそうなトレーニングを、わざわざ香港の取材中にやりたくない。

これがもしも、

「実は妊娠していて体調が悪いんです」

と言えていたらどうだっただろう。鬼のチョーさんも人の顔に戻り、

「大丈夫ですか？　無理しないで。うちの妻も悪阻大変だったよー！」と面白い小話でも聞かせてくれたのではないか。

日本語が少し話せる記者さんも多いので、誰かは、

「スコシヤスンデ、ニンプタイヘン」

と微笑《ほほえ》んでくれただろう。

そんなイメージを浮かべると、やっぱり言った方が良かったんじゃないかとも考えてしまう。というのも、私は誰かに「大丈夫ですか？」と聞いてもらいたくて仕方がなくなっていた。

身近なスタッフやメンバーは、悪阻の大変さを知らない。

私がこのままチョーさんやインタビュアーさんの前で無理をしていれば、彼らは「なんだ、妊娠してもいつも通り仕事できるじゃん」と思うような気がした。

そんな誤解をされてしまったら、この先どんどん過酷な環境になるのでは……？

そう思いながら、「休みたい」と口にすることが、ただの甘えだと思われることも怖かった。

「そんなのわかっていたことでしょ？」

と呆《あき》れられるんじゃないか。

「大変なことを承知で子どもを作ったんじゃないの？　折角のアジアツアーを、妊娠で台無しにしちゃうの？」

と落胆されるんじゃないか。

過剰に心配になってしまうのは、かくいう私が、そんなことを思ってしまったことがあるからだ。

まだバンドがデビューしたばかりの頃。

レコーディングをしていると、スタッフの一人の携帯に電話がかかってきた。声の主は彼の妻で、小さな娘がジャングルジムから落ちたので、救急で病院に行くのだという。

「わかった、俺もすぐに行くから」

スタッフは私たちの前で、迷いなくそう告げた。

（え？　私たちとの仕事を放り投げて病院へ？　奥さんだっているのに？）

咄嗟《とっさ》にそう思ってしまった。

「ごめん、どうしても娘が心配だから行ってくる」

そう言って背中を向けたスタッフのことを、私は「あの人は覚悟が足りないんじゃないか」と訝《いぶか》しんだ。

私は家族とも会わず友だちと飲みにもいかず、お金も時間もバンドに注ぎ込んでいたので、プライベートな理由でバンド活動を中断するなんて、あり得ないことだったのだ。

子どものいないメンバーやスタッフが、あのときの自分と同じように考えていてもおかしくない。私だって、自分には見えていない世界があることにようやく気づいたばかりなのだ。

三日目からは、眠い・だるい・吐きそうという症状が更に酷くなった。ほとんど朦朧《もうろう》としていて、ご飯がまともに食べられず、それなのに空腹で気持ち悪くなるのでその度にぷっちょを胃に放り投げた。

五日目は今回の滞在で最もハードな一日で、朝にスーツケースを持って中国国内の鈍行列車に乗り、そのまま夕方にメイクを施しリハーサルをし、ライブを行った。

ライブ後の反省会では、

「サオリちゃんの元気がなかった」

という議題が上がった。

湧き上がる胃液を飲みながら演奏していたので、「元気がなかった」程度に収まったのなら上出来だと思うけれど、言葉を選んでくれただけで、実際は「苦しそうだった」「心配になった」というレベルだったのだろう。

演奏にミスはなかったけれど、ステージに立つ人が苦しそうな顔でピアノを弾いていたら集中してライブを見られないし、メンバーも不安になる。プロとして及第点に達するパフォーマンスではなかった。同時に、これが今の限界なのだとも思った。

でも、何と言い返したらいいかも考えられなくなっていて、

「わかった、次は出来るだけ頑張る」

としか言えなかった。人は頭が働かなくなると、ＡＩが探してきたような答えを言ってしまうらしい。

七日目の夜にプロモーションから帰ってくると、ホテルの前で車がクラクションを鳴らし続ける音がやけに気になり、ホラー映画のように頭の中でリフレインし始めたので急いでパソコンを開いた。

このままでは頭がおかしくなってしまう。

何とか音をかき消さなければ、とネットフリックスを開き、一度も見たことのない『ウォーキング・デッド』を再生する。

クラクションの代わりに「ぐぼぉ」とか「おぼぉ」というゾンビの嗚咽《おえつ》音が響く部屋で、どこへ逃げてもゾンビに食われそうになる主人公を見て、泣けてきた。

かわいそう。どこにも安息の地がないなんて、まるで今の私……。

大変な身の上の登場人物なら、プロの金庫破りでも不倫探偵でも、誰でも共感しておいおい泣けそうだった。

流石に妊娠を知らないライブスタッフから、

「体調悪そうだけど、大丈夫？」

と聞かれ始めた。

いつもの私なら「実は妊娠してるんだ。出産したらお祝いでウイスキーおごってね、高いやつ」くらいは言えるはずなのに、妊娠を秘密にしようとしたせいで、

「うん、ちょっとね」

と言って、すすすと部屋に消えるだけ。

今考えてみれば、一週間も海外にいるのに、私が一度も打ち上げに来ないなんて明らかにおかしい。サリーはパリピだけれど、藤崎彩織だって毎晩一人で粛々とウイスキーの瓶を傾けていた。騒ぐかどうかの違いだけで、どちらも酒好きに変わりはない。

それなのに、このときは低スペックのロボットみたいに「隠さなきゃ」としか考えられなかった。

九日経ち、ようやく全ての取材やライブが終わったとき、メンバーやスタッフたちは火鍋を食べに行こうと意気込んでいた。現地のコーディネーターさんにお勧めされたのは、息を吸うだけで咳き込むくらいの辛い鍋。

「地元の人が食べる地獄の鍋ですよ……日本人食べれないかもしれません!!」

そう言われて、チームのみんなのテンションが上がっているのがわかった。辛いもの好

きの人たちは、何故か辛さに挑戦するのが好きらしい。普段は大人しい性格のラブさんまで、

「そう言われちゃ食べるしかないなあ！」

とやる気になっていた。

妊婦が唐辛子を食べることに問題はないけれど、私は普段から辛いものは苦手だった。

「ちょっと疲れたから、私はご飯大丈夫」

私が来ないことを知ると、辛いもの好きの男子メンバー三人はホッとした様子でレストランへと向かって行った。普段は誰かが食べられない料理（例えば深瀬くんが苦手なパクチーてんこもりのベトナム料理とか）が出るレストランには、四人で行かないようにしているのだ。

私は一人で部屋に戻って、バナナ一本とぷっちょを少し食べた。悲しむようなことなんてないし、辛《つら》いことを強《し》いられている訳でもない。自分の選択でここへ来て、取材を受けて、ライブをした。

ただそれだけなのに、冷たいグラスをつたう水滴みたいに、顔に涙が落ちていった。赤ちゃんはいちごほどの大きさになっていた。

妊娠十週〜十一週　芽キャベツへ

本が読めない。文字を追っているとすぐふらふらと眠たくなるし、文章を理解しようとしても全く頭に入ってこない。読めないのはまだいいとしても、デビュー小説の『ふたご』を予定通り出版するためには締切がある。

焦りながら何とか三行書いて読み直して……みても、自分が何を書いているのかが全くわからない。

私の頭、動いてない。

それに気づいて焦っているのに、その五秒後には眠くてうとうとしている。自分で言うのもなんだけど、私は基本的に真面目な性格なので、やると言ったことに対しては強い責任感を感じるタイプ。だから今までは「やるって言ったのに出来ないかも」と思うと、冷や汗をかいて眠れなくなり、夜通しそのことばかり考えてしまっていたのに、今は大変なことが起きれば起きるほど体が温かくなって、気づいたら眠ってしまう。

妊娠十週あたりから、体のエネルギーが赤ちゃんの成長優先に使われていくのをはっきりと感じるようになった。

私の体のエネルギーは全部赤ちゃん制作に向いていて、どうやら頭の回転にまわす分は残っていないらしい。ネットで確認してみると、いちごほどになった胎児は、脳や心臓、肝臓や腎臓などの主な臓器の原型を絶賛制作中なのだという。

ナルホドね。

十週間というのをセカオワ的に言うと、一曲完成させて録音までこぎつけたら上出来くらいの時間。詞と曲に四週間、アレンジに四週間、録音に二週間といったところだろうか。デビューしてから多くの曲がそのくらいの期間で制作されてきた。

ただし、代表曲にもなった『RPG』は何度も歌詞を変えアレンジを変えたので、原型から完成まで三年以上かかっているし、『Dragon Night』は何十パターンものアレンジを試した上で海外のプロデューサーの力も借りようということになったので二年はかかっている。

十週間というのは、曲一曲を作れるか作れないかというギリギリの期間で、その短い期間に、私はなんと人間の主な臓器の原型を作っているのである！

そんな時期に本なんか読めないし、文章を書くなんて大変すぎるし、締切に間に合わなくても曲ができなくても、仕方がないよ、よく頑張ったよ、頭をぽんぽん……と言いたいところなのだけれど、『ふたご』をちゃんと仕上げたいのも、新曲の『RAIN』をたくさんプロモーションしたいのもワタシ。

本当に自分でこんな大変なことを選択したの？　と言いたくなる。

本が読めないことの他にも変化はある。

胎児が芽キャベツくらいになった十一週目には、口から簡単に食べ物が出てしまうようになった。行為としては「吐く」と言うのだろうけれど、私の感覚では今までの「吐く」というのとはちょっと違った。

何と言うか、例えばちょっと喉に違和感があって、コンコンと咳払いしただけでさっき食べたものがえろえろと出ていってしまう、ような。

「今日って雨降るのかなあ。折り畳み傘どこだっけ……ん、えろえろえろ」

あまりにも前触れなく(そしてほとんど苦痛もなく)食べ物が口から出てくるので、私も、

「んもう、もったいない」

と落としたアイスでも拭くように吐瀉物《としゃぶつ》を片付けたりしていたのだけれど、この『えろ

えろえろ』が人前でも起きる。

よりにもよって場所はテレビ局。

カメラのセッティング待ち時間、メンバーもスタッフもいる中、えろえろえろ……妖怪を口から生み出すときって、こんな気持ちなのかもしれない。

ごぼっとむせそうになって、気づいたらごくんと、喉が鳴った。

「！」

さっき自分が食べたもののはずなのに、まるで他人のゲロを飲んだかのよう。

あまりの不快感に乳首まで粟立《あわだ》っている気がして、思わず猫が水を払うようにぶるぶるっと体を震わせた。

みんなの前で、人知れず自分のゲロを飲んだら涙が出た。人知れず泣くにはいろんな理由があると思うけれど、人知れず自分のゲロを飲んで泣く人はあまりいないのではないだろうか。皆に報告して、ゲロを飲み込んだ私の気分を想像されるのが嫌で（そして私も一刻も早くその事実を忘れたかった）、深呼吸をして気持ちを整えた。

「SEKAI NO OWARIさん、入りま〜す！」

スタッフの方に誘導されながら、カメラの前へと歩く。

口から酸《す》っぱい匂いがしたらどうしよう。スポットライトがやけに眩《まぶ》しかった。

ようやく収録が終わると、すぐに控え室へ行ってスタッフのオキさんに着替えを手伝ってもらった。オキさんはメディア出演などを担当している人で、直接やりとりするスタッフの中ではただ一人の女性。三十代を仕事一筋で駆け抜けてきたキャリアウーマンだ。

オキさんにチャックを下ろしてもらうと、黒いレースがあしらわれたドレスがすとんと肩から落ちたので、私はブラとパンツだけの姿で輪から抜け出した。

「うう、めちゃきつかったー！」

マネージャーの他に、オキさんだけには妊娠の事実を伝えていた。目の前で下着姿になることもあるオキさんには、妊娠を隠さない方がいいと思ったのだ。

「お疲れさま。収録長かったねえ」

「いやあ、休憩がないとキツイです。もう収録中も吐きそうで辛くて」

オキさんは大変だったねえ、と相槌《あいづち》を打ちながらドレスをハンガーに通してくれた。

「でもさ、妊娠は病気じゃないからね〜！」

「そうですねー……」

む？　むむむ？

何だこの凄《すさ》まじい違和感は。私は無言で私服に着替えた。

確かに、妊娠は病気じゃない。オキさんの言っていることは正しい。でも、症状としてはほとんど病気みたいなもの。そんなに明るく「病気じゃないからね」と言われると、「病気じゃないから……何ですか？　甘えるなってことですか？」と真顔で聞き返したくなってしまう。

いや、本当は本意をわかっていて神経質になっているのだ。

オキさんが言いたかったのは、どこかが悪いわけじゃないから、私たちスタッフにできることはないよね、という意味だ。気分が悪くたって病院に連れていってほしいという意味じゃないよね、と確認しているのだ。

お腹の中で子どもが成長しているから具合が悪いだけで、根本的な具合の悪さじゃないよね？　と。

その通り。でも、妊娠でいっぱいいっぱいになってしまっている私は、オキさんの「病気じゃないからね」という言葉の意味をどんどん悪く考えてしまう。

例えば、二十代から昼夜を問わず働き続けてきたオキさんが、子どもを育てる選択をした私に対して、「そんなの自己責任でしょう」と思っているのではないか？　とか。

「こっちは仕事一筋だからここまでこれたのに。子どもも仕事も両方選択した上に同じ土俵に立ちたいなら、今までの二倍頑張って当たり前じゃないの？」と思っているんじゃないか？　とか。

いつも助けてもらっているオキさんに対して、意地悪く考えてしまう自分が嫌だった。もちろんオキさんはそんな態度を取っている訳じゃないけれど、私がオキさんの立場だったら、そう思うような気がするのだ。

もしも本当にオキさんがそう考えていたとしても、そう考える理由はよくわかる。だから辛い。私だって、妊娠するまで妊娠生活がこんなに大変なものだとは知らなかったのだから。

正直に言おう。

もう、私のことを病人として扱ってほしいのよ〜。

『無理しないで』『なるべくベッドで寝てなよ』と言われたい。『妊婦なのに、本当よくやってるよ』『大丈夫？』と褒めてほしい。その上で、

「いやいや、お母さんになるんで頑張っちゃいますよ〜！」

と言って仕事をするくらいのバランスで、やらせてもらえませんかね？

まだ妊娠十一週だなんて、気が遠くなった。妊娠したとわかってから、今までの十分の一くらいのスピードで物事が進んでいる。

大きめのプラムと働く日々

十三週を迎えたあたりから、体調が良くなり始めた。どんよりと空を覆《おお》っていた灰色の雲が、視界の端へと消えていく。大変だった数週間を思い出しながら、

「あの悪阻《つわり》は大変だったなあ」

と、山の頂上から見下ろしているような気分だった。清々《すがすが》しい風が吹き、木々と一緒に髪が靡《なび》く。

斜め上の空を見上げれば、綿菓子のような白い雲が飛んでいく……という訳で、一つ難所を越えたような感じ。

妊娠する前の私は、花が咲けばあっちで飲み、月が見えればこっちで飲み、飲む口実がなければ一人で新曲の評判をエゴサしながら飲み、と毎晩何かしらの理由をつけてお酒を飲んでいた。

それは単純に酒好きが半分。もう半分は、眠ることへの恐怖心を酒で紛らわせていたのだと思う。

でも今は、お酒や睡眠薬がなくとも夜しっかりと眠り、朝すっきりと起きることが出来ている。まだ小さな星が光っている間に、作りたての空気を肺いっぱい吸い込んで一日が始まる。素敵すぎるやん。

この妊娠生活、いける。

というか、むしろ、この数年の生活より健康では？

私は嫌なことが起きると、必要以上に悩んでしまうところがあるけれど、良いことが起きたときに、

「この先ずっとこれを続けよう！」

と拳《こぶし》を握ってしまうような、ちょっと思い込みが激しいところもある。

「お酒を飲まなくなってから、集中力が上がった」

「お酒を飲まなければ、夜も仕事に集中できる」

「朝からすぐ動けるかどうかで、一日って決まるよね」

たった数日早寝早起きをしただけで、友人にそう語っていた。妊娠すると人が変わるって、言うもんネ。

二回目の健診へ行った。

十三週ではまだ胎動もないので、子どもが生きているかどうかの実感はなく、

「先生、お腹の子はちゃんと生きてますか⁉」

と問い詰めたい気持ちをようやく解放できる日だ。

十三週になるまでに何度となく不安になり、赤ちゃんが生きているかどうか確かめる方法はないかと検索したこともあった。最近は何でもあるもので、一万円ほどで胎児の心音が確認できる機械も見つけた。

「でもこれで心音がなくなってるのがわかったとして、私どうするんだろ……」

散々悩んだけれど、結局悩みがまた増えるだけのような気がして、買わなかった。

健診には夫についてきてほしいとお願いした。

妊婦健診は人生初めてで、もしかしたらもう二度とないかもしれない。そんな面白イベントに一人で行くなんてもったいない！　と言ったら、夫も賛成してくれたのだ。

名付けて健診デート。

大体三十分～一時間ほどの健診を一緒に過ごし、そのあとは時間があれば近くでランチ。

こんなときこそ、お互いフリーランスとして自由に時間を使える特権を活用しない手はな

い。胎児の成長チェックを二人で見聞きすることで、妊娠が私だけのものではなく、夫と二人で乗り切るものだという感覚が出てくる。

「あ、見えましたねー。お尻ふりふりしてます。すごく元気に動いてます。この小さいのが手で、今頭の上に伸びしてますね」

オペラ先生がエコーを見ながら解説してくれた。

前回はざくろの種だったことを考えると、すごい成長。大きめのプラムほどになったという胎児には手足があり、頭があり、ちゃんと人間の形になっている。

「か、かわいいいっ……」

夫の言い方から、子が出来たことへの感動が伝わってきた。

夫と二人で初めて我が子が可愛いと思ったこのシーンは、人生最後に見る走馬灯に加えてほしいな、と思った。

オンラインでマネージメント会社と同期されているスケジュールアプリには、次々とプロモーション仕事が増えていっている。新曲『RAIN』のプロモーションが本格的に始まるのだ。

私たちのバンドのスケジュールの決め方は、皆で「このあたりのテレビ番組には出たい」とか、「ラジオや取材はこんな感じでやりたい」という大きな方針を決め、その後マネージャーが媒体の方と話し合い、スケジュールアプリにどんどん仕事を入れていくというスタイル。

妊娠十三週〜十六週にかけてのスケジュールを見ると、まずは王様のブランチ、バズリズム、Mステ、CDTV、テレ東音楽祭、THE MUSIC DAY、SONGS、シブヤノオト、プレミアMelodiX!、うたコンなどのテレビ番組出演。

そのほかTOKYO FMスクールオブロックの生放送教室、平手友梨奈さんとのNHKラジオ、AbemaTVのトーク番組、大阪と名古屋でテレビ収録とトークイベント、地方局のラジオ収録と十誌ほどの雑誌の取材。

そして小沢健二さんとのコラボ曲『ふくろうの声が聞こえる』の制作、レコーディングと、余暇で特典ポスターのサイン五千枚を書くということになっている。

いや、余暇あるんか!?

皆で方針を決めたとは言っても、躊躇《ちゅうちょ》なくスケジュールを決めてきたマネージャーのキタさんに、腰を入れた本気の右ストレートをかましたくなった。

そりゃあ勿論、私だって彼が『RAIN』を一人でも多くの人に届けたい一心なのはわかっているけれど。

「自分が好きな音楽を七十億人に届ける」

が口癖のキタさんは、地下室でひっそりと音楽を作っていた私たちを見つけ、たくさんの人と繋《つな》いでくれた人だ。

浮いた話の一つもなく、朝から晩まで仕事に打ち込むキタさんは、初期のSEKAI NO OWARIを誰よりも愛してくれていたスタッフだと思う。私も、彼のそんな仕事ぶりを信頼していた。

ただ……キタさんはセカオワが好きすぎるのだ。

仕事一筋にもほどがあると思ってしまうのは、無いものねだりだろうか。友だちのアーティストが「マネージャーに自分と同じだけの熱量があるなんて到底思えない」などと言っていることを考えると、私はとても恵まれているはずなのに。

「この前、ヘアメイクしてくれた美容師の篠田さん、出産三日前まで働いてたんだって！」

私を励まそうとしているキタさんの言葉に、いちいち苛《いら》ついてしまう。

キタさんからしたら、妊婦をどこまで働かせていいのか、悩んでいたのだろう。出産直前まで働いている人もいるみたいだよ、という情報は、希望になると思ったのかもしれない。

確かに普段なら、「あの脚本家さんは七十歳を超えているけれど、今でも現役バリバリで頑張ってるよ」なんていう話を聞くと、よっしゃ私もガンバロー！　と思う。

でも、妊娠しながらどこまで仕事が出来るのか不安に思っている今は、「篠田さんが出来てるんだから、貴方も出来るはずでしょ」というプレッシャーに聞こえてしまう。

キタさんだけでなく、「妊娠八ヶ月で舞台に出た女優」とか「出産直後に原稿を執筆した作家」というニュースを見つけては、自分はそんな風になれるんだろうかと怯《おび》えるようになっていた。

私は、どこまで仕事が出来るか不安に思っていることも、キタさんにはわかってほしかったのだ。そんなことをマネージャーに思えるだけで、恵まれているのかもしれないけれど。

妊婦と言っても十人十色で、妊娠中にグランドスラムで優勝してしまうセリーナ・ウィリアムズもいれば、悪阻《つわり》で公務をお休みしたキャサリン妃もいる。超人セリーナと比べられたら、みんなひとたまりもない。

もしも本当に妊娠した誰かと比べられ、傷ついたときには、

「よおーし、じゃあ次はアンタと大谷翔平くんの年収比べよか！」

くらいは言い返しても良いんじゃないだろうか。

目まぐるしいプロモーションを行いながら、余暇にサインを書いた。せめて転売せんといてほしいな。大切にしてくれる人に届いてほしい。

妊娠十五週〜十六週　グレープフルーツの重み

十五週の健診で、「出生前診断は、しなくていいんですよね？」と確認された。

出生前診断とは、出産をする前にダウン症などの幾つかの障害が大まかにわかる診断のこと。そこで陽性反応が出ると、更に細かい検査に進んでから陰性か陽性かを判定されるという説明を、妊娠したときに受けていた。

私は二十代の頃、特に考えなく、

「出生前診断って、とりあえずやっとけばいいものなんじゃないの？」

と思っていた。病気があるかどうかって、わかった方がよくない？　九×九は、八十一じゃない？　くらいのノリで。

でも、いざ妊娠してみると検査をする気にはなれなかった。検査をするということは、障害がわかったら中絶するかもしれないという意味になると、今更ながら気づいたのだ。

まだ胎動こそないものの、胎児はグレープフルーツほどの大きさに成長していて、お腹の膨れ具合や体調の変化から『これ、子どもいるっぽいわ』という感覚が出てきたところ。そしてこの子を、検査の結果次第で産むか中絶するか、考えるということだ。

「どんなに大変な障害があっても、絶対に愛して育てられるから大丈夫！」

と言い切れるほど、母としての包容力があるとか、覚悟が決まっているなんてことはない。障害のある子どもを育てるのは、健常児を育てるのとは違った大変さがあるだろうし、今まで通り仕事が出来なくなる可能性もある。

でも、まずは産んでから向き合いたい、というのが私の率直な感覚だった。産んでみて、困ったことになったらそのときに考えて対処したい。そもそも、大きな病気を一度もしたことのない自分ですら、一歩間違えたら自死を選んでしまうような辛いことがたくさんあったのだから、どんな子どもにとっても人生には困難がたくさん待ち受けていることはわかっている。

「検査は必要ないです」

と言ったら、オペラ先生は何度か頷きながら、

「高齢出産になると子どもが障害を持つリスクが上がるので、あなたよりもう少し歳上の人たちが検査するのが一般的ですね」

と説明してくれた。

高齢出産に当たるのは、初産で三十五歳以上の人。両親も高齢になり、体力的にも障害児を育てるのは難しいと思うのかもしれない、と考えていたら、

「絶対に産むけれど、障害があるなら先に準備をしておきたいと言って検査をする人もいますよ」

とオペラ先生は付け加えてくれた。

最初の費用は二十万円前後で、陽性反応が出るとまた更に二十万円ほどかけて精密検査をすることになるらしい。検査自体を『優生思想だ』と責める人もいるけれど、まずは産んでからと思える自分は結果的に環境に恵まれているだけだ、と思う。


小沢健二さんとのコラボレーション楽曲『ふくろうの声が聞こえる』のレコーディングが始まり、麻布のスタジオへ向かった。

小沢さんに初めて会ったのは、二〇一五年のニューヨーク。メンバー四人で遊びに行ったときに、なかじんが、

「ニューヨークと言ったら、小沢健二でしょう!」

と、勢いに任せて知り合い伝いに連絡したら、本当に会いに来てくれたという嘘みたいな出会いだった。

ニューヨークのブルックリンで、小沢さんは私たちにメスカルという飲み物（ほとんどテキーラ。やっぱりミュージシャンはテキーラを飲んでいる!?）を昼から飲む楽しさを教えてくれたし、ナイトクラブでそのへんにいる人と英語で話すときの勇気の出し方を教えてくれた。最初はレジェンド小沢健二と一緒に海外の街を歩くというだけで浮き足だっていた私たちだったけれど、今ではすっかりお友だち。

「実は、子どもができたんです」

会ってすぐにそう言ったのは、小沢さんがいつも子育ての面白さについて話してくれていたから。私の妊娠を伝えると、

「わお！　久しぶりに会ってそんな嬉しい報告を貰えるなんて、僕は最高についてます！」

満面の笑みで喜んでくれた。

今まで自分の妊娠を人に伝えないようにしてきたけれど、何も恐れることはないのかもしれない、と気づく。妊娠はこんな風に祝福してもらえることなのだ。

その日は深夜〇時近くまでレコーディングをして、ようやくスタジオを出た。エレベーターに乗りながら「妊娠してから、なかなか集中力がもたなくて」と愚痴《ぐち》る私に、小沢さんが話をしてくれた。

「僕の妻は妊娠中、自分の頭がどんどん回らなくなってばかになっていく！　と焦っていました。でもそのときにうちの母親が、『頭は休めて、体のいうことを聞きなさい』と言ったので、気持ちが楽になったそうです。僕には妊娠する大変さはわからないけれど、体のいうことを聞くというのなら少しわかる気がします」

流石は小沢健二。言ってほしいことを言ってほしいタイミングで言ってくれる。確かに私は、体のいうことに耳を傾けてこなかった。

十六週に入ってすぐ、下に落ちたものを拾おうとしてしゃがんだら、ビキィっという音が耳の骨を伝って響いた。あまりの痛みに、

「い………」

という声しか出ず、その場に倒れ込む。びっくりした心臓がポンプで全身に血を送るので、こめかみがどくどくと脈打っていた。

「軽いギックリ腰ですね。妊婦さんにはね、よく起きる症状です。でも、今は大した鎮痛剤も飲めないし、再発しないことを心がけるしかないですね」

杖をつくような体勢で何とか行った整形外科で、医師から絶望的なことを言われてしまう。まさか処置なし？

「ででででも、めちゃ痛いんですけど」

私が縋《すが》るような思いで先生を見ても、ゆっくりと首を横に振る先生。

「妊婦さんじゃなければブロック注射とか、鎮痛剤とか、色々あるんですが。今のところは、今後痛ませないことが一番の近道ですよ」

そう言うと先生は椅子から立ち上がり、プロポーズをするときに跪《ひざまず》くような体勢をとった。全米選手権に出場したフィギュアスケートのペアの選手が、演技終了直後にリンク上でしてたやつだ。顔は真顔、私と目が合っている。

「今度から下にあるものを取るときは、こういう風に膝を曲げてください。そうすればビキっとくることは無いでしょう。まず一度、一緒にやってみましょう」

「は、はあ」

「こうです。そう、腰を曲げずに、膝を曲げて。上半身はまっすぐです」

久しぶりの休みの日にギックリ腰で病院通い。よくある話だけれど、大真面目に医師と二人でプロポーズの練習のようなことをしていると、心の底から、もう少し早く体のいうことを聞いていれば良かった、と思う。

妊娠十九週〜二十週

マンゴーを運ぶラクダ

ゆったりとした服だと気がつかないけれど、衣装を着ているとお腹が大きくなっているのがわかるようになった。黒いレースのついたワンピースの下腹部あたりが、ぽこんと前に迫《せ》り出している。胎児はマンゴーくらいの大きさに成長しているらしい。

「もしかして、もうお腹が大きくなってきた？」

メンバーの中で、一番初めに気がついたのは深瀬くん。

まるで初めて妊婦を見る小学生みたいな顔をして、恐る恐る近づいてくる。

「え、本当に？」

「マジか！」

深瀬くんの声を聞いて、なかじんとラブさんも近づいてきた。彼らの不思議そうな顔が三つ並ぶと、ズッコケ三人組みたい。私のいないセカオワは、あんな感じだろうか。

「蹴ったりするの？」

「実感ってある？」
ものすごく神聖なものを見ている、という目で彼らが私（のお腹）を見ながら質問するので、私もその気になって、聖母マリアの絵画のような眼差しを彼らに向けていたのではないか、と思う。

ようやく『RAIN』のプロモーションと小沢さんとのレコーディングが終わり、妊娠二十週へ。ハアハア、ようやく少しは休めるのかなとスケジュールを見ると、今度はタイに行くらしい。日本から飛行機で六〜七時間で行けて、微笑みの国と言われているあのタイ。チーン。よく漫画で見る脱力感を表す音が頭の中で鳴る。

タイでは十社ほどの取材とライブが組まれていた。眠い・だるいといった症状は改善したものの、長い時間座っているだけで腰が痛むし、ほとんど休みがないので疲労感が抜けていない。

でも、タイでライブが組まれたのは初めて。中国・香港に行ったときよりは体調が安定しているし、パッタイも食べたい。桜海老と砕《くだ》いたピーナツの絡《から》んだ麺に、レモンをびしゃびしゃに搾《しぼ》りたい。

なるべく楽しい想像を膨らませながら、いったれ！　と勢いで飛行機に乗った。そもそも休むという選択肢は、あるようでない。ミュージシャンは自由に生きているようなイメージを持たれるけれど、何百人もの人のスケジュールが動いているタイでのライブを、私の一言で中止にするなんて出来ない。

機内にはいつもパソコンを持ち込んでいて、大体文章を書いているか、本か漫画を読んでいる。機内の座席を空の上の漫画喫茶だと思うと、なかなか優雅な気分。

今回はパソコンを開いて、『ふたご』の続きを書くことにした。発売日が決まっているので、いつまでもバンド活動が忙しいとか、妊婦だからと言い訳をしていると、本当に間に合わなくなってしまう。

万に一つでも発売延期となれば、いつも知的で上品な文藝春秋の皆さんの顔色を変えてしまうだろう。私は、普段自分の周りにいないタイプの彼らがとても好きなのだ。期待に応えたい。

前の方の座席で、CAさんがたくさんの飲み物をのせたカートを押しているのが見えた。

「何かお飲み物は如何《いかが》でしょうか?」

聞き慣れたその質問が遠くで聞こえる。ふと、喉が張り付いたように渇《かわ》いていて、首の付け根が熱くなっていることに気がついた。押すと少し腫《は》れていて、痛い。リンパが腫れているんだ、と気づいて脇の下をマッサージしてみると、こちらも鈍《にぶ》い痛みが走った。

「緑茶をひとつください」

前に座っている男の人が飲み物をオーダーしている声が聞こえる。気づいたら飲み物のカートが目の前にあった。CAさんがたった数メートル前に進んだこの時間の間に、私の体調は急激に悪くなっていた。

頭が重く、視点が勝手に泳いでしまう。水のような鼻水がだらだらと止まらない。仕方なくティッシュを鼻に突っ込み、その上からマスクをして隠す。ぼんやりとした頭で、

「お水をください」

とCAさんに伝える。額に手を当てて、熱があると確信した。

なんて最悪のタイミング。どうせ日本にいたって大した薬は飲めないけれど、タイで何かあったときはどうしたら良いんだろう。妊婦は多くの検査をした上で医師に経過を見てもらっているので、突然体調の悪い妊婦がタイの病院を受診すると言ったら、あまり良い顔はされないはずだ。

それからスワンナプーム国際空港に着いて車でホテルに向かうまでは、悪夢を見ているようだった。ほとんど目を開けていられず、眠いのか、疲れたのか、熱で苦しいのか、はたまたその全部だったのか、何も考えられないのに、ぞわぞわと悪寒《おかん》と一緒に恐怖が押し

寄せてくる。

「大丈夫？」

ヘアメイクさんとなかじんの声がしたけれど、何も返せずに自分の部屋へと歩いた。カードキーを扉にかざすと、ドアノブの所がぴぴっと緑色に光って扉が開く。

入り口で荷物を持っていた両手を離し、大きなベッドに向かって倒れ込んだ。何時間も前からずっとこうしたかった。熱くなった体が冷たいシーツに触れて沈んでいく。

マスクを外すと、鼻水でぐちょぐちょになったティッシュが取れた。また新しいティッシュを鼻に突っ込み、薄く目を開けてスマホを見る。メンバーとマネージャーとのグループラインに、キタさんからＬＩＮＥが入った。

——藤崎さんメイク　一時間後に１５０８号室です

あ、もう頑張れない。

今まで明るく振る舞ってきたものや大丈夫だと強がってきたものが、一気に崩れ落ちてしまった。もう無理。もうこれ以上、一ミリも前進できない。

英語のイディオムにラストストロー（The last straw that breaks the camel's back）と呼ば

れるものがあって、ラクダが背中に積まれていく藁《わら》の重みにずっと耐えていても、限界の負担を超えると、藁一本のせただけで崩れ落ちてしまう……という意味である。

ついさっきまで「パッタイも食べたい」とか言っていた私は、一本の藁がのっただけで崩れ落ちてしまうラクダだった。

こんなときは、淡々と、

「具合が悪いので、大事をとって今日は休ませて下さい」

と説明すればいい。

わかってはいるのに、砂の上で体を横たえているサオリラクダは、どうしてもＬＩＮＥを打つことが出来ない。自分の状況を伝えれば、キタさんからはすぐに「了解です、ゆっくり休んで」と返ってくるだろう。

でも、私は自分から「休みたい」と言うことを、この期《ご》に及んでまだ躊躇《ためら》っていた。

男ばかりのチームで「休みたい」と言ったら、はっきり言葉にしなくても「これだから女は甘えてる」と思われるかもしれないし、妊娠しているということと精神的な弱さを、勝手に結び付けられるかもしれない。

こんな状況なのに、まだ、

「私は甘えてるから休みたいわけじゃない」

と説明したいし、

「貴方は甘えてなんていないよ、充分頑張っているんだからもう休んで」

と労《いたわ》られ、休みを取りたいと思ってしまう。

熱い頭を百八十度返して、反対側の頰を冷たいシーツで冷やした。もう一度スマホを見ると、三件のＬＩＮＥが入っていた。

――命より大切な仕事はないから、今日はサオリちゃんを休ませよう。(Fukase)
――そうだね、俺たちに任せろ！(Nakajin)
――三人で頑張りましょう！(DJ LOVE)

結局その日の取材は私抜きの男たち三人で行くことになり、私は次の日のライブに備えることになった。

ホテルの部屋でナンプラー味のおかゆにパクチーを少しかけて食べる。タイに優しい食べ物があることは幸運だった。何口か食べて、ベッドで横になる。

うとうととしながらスマホを見ていると、雑誌の取材中に撮った写真が送られてきた。カーテンの隙間から顔を出している三人は、変顔をしてふざけている。

『サオリちゃんがいないと華がなくてヤバいよ』

ＬＩＮＥのメッセージに添えられた写真を見たら、泣けてきた。確かに三人だけでは売れなそうだ。

ううう。私セカオワにいないとダメかもぉ。

妊娠も出産も知らない彼らから、見当違いなことを言われたことはある。ここまで「休みたい」と言えなかった理由の一端には、彼らの「俺たちゃ倒れるまで働くぜ」という圧力のようなものも大きく影響しているだろう。

でも、私がどうしても言えなかった「休みたい」という言葉を、彼らが代わりに言ってくれた。一番身近にいる人たちが寄り添ってくれたことで、元気になったらまた頑張ろうと思えるのだった。

薬が飲めないので、食事が終わったら塩水でうがいをし、はちみつ生姜紅茶を飲んだ。

翌日には体調が回復して、何とかステージに立つことが出来た。

妊婦が限界ギリギリでライブをやりましたなんて決して美談にしてはいけないのだけれど、拍手を受けながら、こんな特殊な経験の何かが、このお腹の子に伝わっていればいいなと思う。

妊娠二十一週〜二十四週　夏野菜は次々実る

タイから帰国してからは『ふたご』の校了にむけて朝から晩まで机に向かっている。高校も大学も音楽科目の受験しかなかったので、こんなに机に向かうのは人生はじめて。すぐに腰が悲鳴を上げ始め、途中から即席でスタンディングデスクを作ってみた。机の上に無印良品の長方形バスケットを逆さまにして置いて、その上にパソコンをのせれば完成。

以前、アメリカのSpotify社に招かれた際に見かけたもので、「立って仕事をすれば腰の痛みもなくなるし、集中力も上がる」と聞いたのを思い出したのだ。

疲れるとお腹が石のように固くなってしまうので、休憩をはさみながら、少しずつ進めていった。それでも書いているとどんどん腰が痛み始め、どうしようもなくなってきた頃に鍼《はり》が効くと聞き、鍼灸師《しんきゅうし》の方に来てもらった。とにかく尾てい骨がずきずきと痛く、座っていると尻から骨が突き出ているのではないかと思うほど。

「痛いのはこのへんですか?」

「いえ、もっと後ろ……」

リビングで尻を丸出しにして尾てい骨まわりへ鍼を打ってもらっていると、「恥ずかしい」とか「照れる」という気持ちがスッと消滅する。そこまで無くならなくても良いんじゃないか? というくらい消え去り、とても強い生き物になったような気がした。鍼灸師の人に、「肛門ぎりの所まで打って下さい!」と真顔で注文する。

『ふたご』の発売日が決まったときには、妊娠しながら書けるんだろうかと不安になったけれど、書いてみると、妊娠していなかったら書けていたかどうかわからない、とも思う。

こんな共依存丸出しの青春物語、母になってからは書かれへんわ、という思いは、締切と同じくらい私を追い立ててくれた。パンパンになったお腹をつついて、「今日もお互いお疲れ」と声をかけてみる。何度かつついていると、たまたまかもしれないけれど、時々ぽこんと返してくれることがあった。

胎児はバナナサイズから、茄子やとうもろこしサイズへと成長しているところらしい。

『ふたご』が校了したので、事務所の送別会やライブチームとの飲み会に少し顔を出すようになった。妊娠が発覚してからは「余裕がない」と断っていたのだけれど、こういう会で仲間たちと話をして、打ち解けあったからこそ成し遂げられる仕事があったのも事実。

でもまさか、酔っ払いがこんなにウザいものだったとは知らなかった。私は運転免許を持っていないので、今までお酒を飲まずに飲み会に参加したことがなかったのだ。

信じがたいのだけれど、私は妊娠前、こんなにも同じ話を繰り返し、どうでもいいことで笑い、中身のない話を延々と何時間もしていたのだろうか？

飲み会には時々、一滴も飲まずににこにこ笑って酔っ払いたちと話をしてくれる人がいるけれど、あれはよっぽど育ちが良いか諦めの境地だったのだろう。

私は飲み会が苦手になった。

酔った男たちがふらふらと店を漂っているのは、水族館のガラス越しに見るイソギンチャクのよう。まるで別世界の生き物みたいで、十秒も眺めていれば「ふーん、イソギンチャクか。次行こう」と冷めた目になってしまう。

とは言え出産したらすぐに自分もイソギンチャクの仲間入りをするだろうし、飲まない日々も今だけだけどネ……とは、全く思わなかった。

妊娠生活によって生活が一変したからなのか、自分も五ヶ月前までこんな風に酔ったりはしゃいだりしていたことを、記憶から抹消していた。

「このままずっとお酒を飲まない人生っていうのも良いのかも」

などと、ルイボスティーを飲みながら言う。妊娠って、人を変えるのねえ。

二十一週になって、ようやく妊娠の発表。よくそこまで隠したなというくらい、お腹はでっぷりと前に突き出ていた。平均値がどのくらいなのかわからないけれど、久しぶりに会ったスタッフから、

「お腹でかっ！」

と言われたり、レストランで隣のテーブルに座っていた男性から、

「もう産まれそうですね」

と言われたりしたのだから、それなりに大きかったのだろうと思う。

お腹の大きさに関しては、いろんな人に声をかけられ、「前に出てるから男の子だろう」とか「六ヶ月にしては大きい」とか、しょっちゅう話題に上がっていた。皆それぞれ善意というか、「子どもができて良かったね」「可愛いね」という気持ちで話してくれていて、他意はないということがわかっている前提で、言わせてもらいたい。

私はこの「お腹大きいね発言」が、ちょっと嫌だった。

毎日一緒にいる家族やメンバーに言われる分には、まだ良いのだ。朝顔の成長を観察するように、「一ヶ月前より大きくなったね」「花が咲いたね」と話し合えるのは、素直に嬉

しく思う。

でも、普段の私を知らない人から出会い頭に体型の話をされている、と感じると、途端に嫌になる。妊娠前は会ってすぐに体型の話をされることなんてほとんどなかったのに、妊娠してお腹が大きくなるだけで、誰もが体型を話題にしていい雰囲気になる。

この膨らんでいるお腹も私の体の一部なのに、三十一年間一度も言われたことのない「でかい」という言葉をかけられる。その言葉は「太ってるね」とか「ごつくなったね」みたいなことを連想してしまって、何だか素直に喜べない。

この話を出産経験のある友人にしたら、友人は反対に、

「私は、お腹小さいねって言われるのが辛かったよ」

と言ったので、驚いた。お腹が小さいと言う人からしたら、体型を維持していて凄いねという意味なんじゃないの？　と、妊娠している私ですら思ってしまう。

「何だかね、子どもがちゃんと成長してないって言われてるみたいでさ」

なるほど。

痩《や》せているねと言われるのが嫌な人もいるし、太ったねと言われるのが褒め言葉になる人だっている。それは妊婦でも同じなのかもしれない。

明らかに大きなお腹を前にして、ノーコメントを貫くのも不自然だけど、妊婦だとして

も、不用意に体型のことを言うと傷つく人がいるのも事実だ。

「善意なのだから、卑屈に考えないほうがいい」と言う人もいるけれど、善意だからこそ、誤解を生まない言葉を使えるようになったらいいなと思う。

妊娠二十六週〜二十九週　ぽこんと動くズッキーニ

「今年はどうせなら、今まで一度も行ったことのない地域にいく？」

「じゃあ、鳥取と佐賀にしようか」

「いいね、楽しそう！」

数ヶ月前に男子メンバー三人が盛り上がっていたときは、妊娠がわかったばかりだった。ええい出来なかったらそのときはそのときだ！　と思っていたら、いつの間にか現実が目の前に迫ってきている。

SEKAI NO OWARIは二〇一六年から動物殺処分ゼロプロジェクト「BREMEN（ブレーメン）」の活動を行っていて、その支援ライブが始まるのだ。

二回目に当たる今回の支援コンサートは、パシフィコ横浜二公演の他に、鳥取・米子コンベンションセンターと佐賀市文化会館でもライブをすることになった。

でも、ライブのために全曲アコースティックにリアレンジしたり（寄付額を大きくするため、サポートミュージシャンなしのアレンジを作った）、連日のリハーサルや移動、『ふたご』の校了で腰を痛め、私はライブ前に既にへとへとになっていた。

実は、この活動を今の時期に受けたことをちょっと後悔した。

受けたというか、やるときは流れに乗ってスケジュールをこなしていけばいいけれど、やらないとなれば強い意志が必要になるので、「強く反対しなかった」というのが正しいかもしれない。

（犬や猫を助ける前に、まず自分の体を休めるべきでは……？）

大きなお腹を抱えながら、たくさんの動物の生死を左右する支援コンサートに参加する。私だって助けてほしい……と、今にも殺されてしまいそうな犬や猫を前にして、言える訳がない。

かと言って「いてもたってもいられなかった」と壇上で言うのは、今の自分の気持ちとは誤差がある。

悩んだ結果、ありのままをステージで話した。

「妊娠しながらこういう活動をすることは、とても大変でした。やめたいなと思うこともあります」

重心が前にあるので、ぽてぽてとペンギンのような歩き方でステージに出ていくと、どよっと歓声が上がって、どの会場でも大きな拍手が起きた。胎児はもうズッキーニほどの大きさになっていて、遠目でも妊婦だとわかる。いつもより明らかに長い拍手は、私へ向けられたものだと感じた。

「正直なところ、命を救いたいという大義名分を宣言できるほどの余裕はないんですが、とりあえず出来るところまでやってみようと思って、今日はここにきました」

チャリティ活動には、ものすごくモチベーションが高い人と、何となくやれることがあるならやろうかな、くらいの感覚の人がいる。今回は前者の人たちに主導権を握ってもらって、私は何となくついていきた。

深瀬くんに、

「サオリちゃんは毎回ぐちぐち何か言いながら、結局やるよね」

と言われた。さすがに私の性格を理解している。結局最後はやるのだけれど、やるまでの道のりが長い。教習所でしか見たことがないS字クランクのような道を進まずに、せめて六十キロくらい出せるまっすぐな道を選べば良いのにと自分でも思う。

ライブの支援金額は必要経費を除いて、四千六百五十九万三千六百十八円。なかなか達成感のある数字になった。ツイッターには続々と『お陰様でこの子が新しい家族になりました』という犬猫の写真が届いた。

「お互い大変だったけど、やり遂げたね」

と、ぽこんとお腹を叩く。

二十七週の妊婦健診では、妊娠糖尿病の検査があった。朝食を食べずに病院へ行き、甘い炭酸水を飲んでから検査をする。飲む前、飲んでから一時間後、二時間後の計三回採血をして、血糖値を測るというものだ。

相変わらず夫との健診デートは続いていて、これが終わったら焼肉を食べてからトシ・ヨロイヅカのケーキを買って帰ろうと話し合っていた。

数枚の紙を手に持ったオペラ先生が診察室に戻ってきた。

「えーっと、妊娠糖尿病の検査ですね。サオリさんは基準値を超えていました」

「はい？」

「引っかかっているので、二週間後に再検査です」

思い当たることはあった。

元々甘いものは好きだったけれど、妊娠してからは「頑張ったご褒美」として、ことあるごとに甘いものを食べていた。安定期を越えてからは特にクリームが食べたくなり、夜な夜な生クリームを泡立て、ボウルから直接スプーンですくって食べたこともある。妖怪・生クリーム舐め。でも、体重の増加は六キロほどで基準の範囲内だったから、大丈夫だとばかり思っていた。

「再検査でまた引っかかったら、どうなるんですか?」

「入院して厳しい食事制限をすることになりますね。それ以上酷くなったら、自分で血糖値を下げる注射を打ってもらうこともありますよ」

「そそそれは先端恐怖症なのでムリです!! 絶対ムリ!!」

「でしたら、バランスの良い食事をこころがけて、血糖値が急上昇するような食べ物は控えてください」

オペラ先生にピシャリと言われ、半ば強制的に節制生活の幕が開いてしまった。

元々痩せ型だったので、健康上の理由で食事について注意されるのは人生初めての経験。まあデザートを食べないだけだし……と思っていたのだけれど、これが想像以上にきつい。やめようとした瞬間から、コンビニの前に掲げられている旗に季節限定のモンブランや葡萄ゼリーの写真が載っているのが目につく。雑誌を開けばデザート特集だらけ。よく見るとヘアワックスやシャンプーにすらフルーツやケーキのイラストが書いてある。

これがアルコールなら、飲みたい気持ちを誘発しないために朝五時~夕方六時までのテレビCM規制が敷かれていたりする。でも、スイーツに関してはルールなし、どこへ行っても写真・イラスト・実物で溢れていて、この国は逃げ場のないスイーツパラダイスなのである。

最終的にはスマホの絵文字欄にあったショートケーキにすら「美味しそう……」とよだれが出てくる始末。

これが唸《うな》るほど辛かった。どんなに小さなイラストでも、甘いものなら何でも目についてしまう。アダムとイブが禁断の果実を食べてしまった気持ちが、今の私にはよくわかる。

なんとか地獄の日々を終えた二週間後、前回と同じように甘い炭酸を飲み（久しぶりの甘いもの、超おいしい）、三度の採血で再検査の数値を待った。結果は基準内。

あまりの嬉しさに、

「今夜はトシ・ヨロイヅカでお祝いだ！」

と言って、ケーキを購入する列に並んだ。

妊娠三十二週～三十三週

メロン一玉分の変化

初小説『ふたご』が無事に発売され、記念のサイン会を行った。限定五十名で、書店で本にサインを書いて読者の方にお渡しするというもの。バンドのサインなら何万回と書いたことがあるけれど、漢字で『藤崎彩織』と書くのは初めて。この日のためにオリジナルの落款《らっかん》も作ってあったので、朱肉をつけて文字の横に押した。落款が入ると、本物感が出るような気がしてこそばゆい。

サイン会には報道の方々も来てくれた。「いつから書いていたのか?」「バンドメンバーは何と言っているのか?」といった簡単な質疑応答があり、写真を撮る時間があって、その夜にはニュースが出た。タイトルは、

『セカオワ Saori 初小説イベントにふっくらお腹で登場』

ふっくらお腹は事実だから百歩譲って仕方がない。子どもは約二千グラムで、メロン一玉ほどの大きさになっているのだから、そりゃあふっくらもする。問題は写真。下から煽《あお》

るような角度で撮られたこの写真……お腹でか!!　私じゃなくてもそう言いたくなるくらい、お腹が強調されていると思う。

エゴサをしてみても、『サオリちゃん、お腹大きいね〜』『セカオワさおり、いつの間に妊娠してたんだ！』『これだけ大きいってことは、もうそろそろ？　ってことは紅白どうなるの？』って、お腹に関してのコメントばかり。

おおおい！　私の小説より目立ってるやん!?

しかも報道陣が来たときに撮った写真というのは、この先長いこと使いまわされてしまうという業界の悲しいルールがある。

例えばこの先『セカオワ Saori　髪をピンクに染めたことをツイッターで報告』みたいなどうでもいいニュースが出たとして、そのときに使われるのは自動的にこの腹でか写真(しかも元の体重より九キロ増し!!)。

写真には権利があるので、報道各社は自分たちが撮った写真を別のニュースにも使いまわすのだ。今後報道陣が来てくれるようなイベントに出て写真が更新されるまでは、自動的にこの腹でか写真が使われてしまう。

はあ、とため息をつくと内側からぽこぽことお腹を蹴られた。そうだよね、君も頑張ったよ。最近はしゃっくりしているのですらわかるくらい、お腹の中に存在を感じる。オペ

ラ先生によると、

「まだ生まれてこない方がいいけど、生まれてきても何とか自力で呼吸ができる」くらいには成長しているらしい。


妊娠してから四度目のMステに出演した。

大きなお腹でタモリさんに会いにいったら、

「また来たの？　妊娠中最多出演アーティストなんじゃない？」

と笑われた。普段は年に四度もMステに出ることはないのに、たまたまコラボレーションの多い年だったのだ。

今回はアメリカのロックバンド『DNCE』が来日しているということで、共作した楽曲『Hollow』を演奏する。

テレビスタジオでDNCEのメンバーに会い、

「妊娠したの」

とお腹を指差すと、モヒカンの男性が「ホワット!?」と叫んだ。

ベーシストのコール・ウィットルは、サリーと明け方まで飲んでいたあの彼だ。テキーラを飲んでいた時期とお腹の大きさを計算すると、「ホワット」と言いたくなる気持ちはよくわかる。夫の第一声も「ホワット⁉」（マジか）だったことが、遠い昔のように感じられた。

ステージに上がる前、舞台裏で「残念だけど、今回は一緒にお酒を飲めないのよ」と話す。今までだったら、テレ朝のスタジオから、直接夜の街へと繰り出していたところだろう。コールは何度か頷き、悟りを開いたかのように呟いた。

「たった数ヶ月で女は別人になる。女はわからない」

本当だね、私もそう思うよ。

妊娠中、ほとんど休みなく仕事のあった私を支えてくれたのは夫だ。自ら進んで家事や料理をスムーズにこなしてくれる彼でなければ、私は仕事をしながら妊娠生活を送るなんて考えられなかっただろう、と思う。

私には、人の分まで料理を作ったり、手際よく家事をこなせる甲斐性《かいしょう》はない。せいぜい夫に迷惑をかけないように生活するのが限度だった。

夫は妊娠中の私を「ドラえもんみたいで可愛い」「ローソンのポンタくんみたいで可愛い」と形容した。妊娠してからぽてぽてと歩きよく眠り、喋り方まで丸みを帯びたことで、以前よりも可愛く感じるのだと言う。

「妊婦さんのサオリちゃんが好きだよ」

珍しくストレートな言葉を使う夫を見て、複雑な気持ちになる。妊婦になった私を好いてくれるのは嬉しいけれど、妊婦じゃない期間の方が圧倒的に長いので、そっちを好きになってほしい。

でも、眠れずに目をギラギラさせて働いていた頃よりも、大きなお腹を抱えてぽうっとしてる今の方が、人としてはちょうどいいのだろう。自分でも、何となくわかる。

夫の隣に座って携帯を覗き込むと、彼はベビーカーの写真を見ていた。

買い物をするときは情報を網羅してからでないと気が済まないタイプらしく、近頃はいつもベビーカーのサイトを眺めている。高級ブランドから軽量タイプ、後ろ前を逆に出来る多機能型など、「見始めると沼だよ」と嬉々としている姿は、もはや取り憑《つ》かれているようにさえ見える。

二人で散歩をしていると、「あれはエアバギーの軽いタイプだね」「あっちの人はサイベックスの最新型」とぶつぶつ。私からするとどれもほとんど一緒に見えるので、家の階段を何段か上がらなきゃいけないことを思い浮かべながら、

「軽い方がいいんじゃない？」

と提案してみた。

「軽いのは安いけど、ちょっと可愛すぎるデザインが多いんだよ。ほとんどが女性向けに作られてる感じ。パステルカラーの水玉とか、花柄とかさ。でも、シンプルなものほど高級で重い傾向があるんだよね。今は男の育児も増えてるし、もっと軽くてシンプルなデザインも出ていいと思うんだけど」

うん、うん。

私よりも夫の方が凝《こ》り性《しょう》なので、私はなるべく「何でもいい」というニュアンスを含まないように心がけて、「これもいいんじゃない？」とにこにこした。

ベビーカー、私は軽ければ何でもいいんだ。

小さめのスイカと共に

「運動してますか？」

　お腹にエコーを当てているオペラ先生の、ほんの少し責めるような口調にへへへと首を振った。二十三歳でデビューしてから、健康診断で日常的に運動をしているかどうかという質問に「はい」と答えたことがない。普段から全く運動していないのに、こんなにお腹が大きい状態で一念発起《いちねんほっき》するわけがない。わざわざ運動をしなくても毎日のように仕事があったので、それで充分だろうと考えていた部分もある。

「もう少し運動してください」

　オペラ先生の眼力で両目を見つめられた。有無を言わせぬ迫力がある。

　ただ、運動をしたほうがいいとわかっていても、いつどこで何をすればいいのかが思いつかなかった。運動部に入ったこともなく、定期的に行っている運動もない。運動している自分が全くイメージ出来なくなっている。はあ、と曖昧《あいまい》な返事をすると、オペラ先生は

毅然とした口調で、

「一日一万歩は歩いてください」

と突然、具体的な目標を掲げた。

「い、一万歩ですか?」

「そうです。こんな状態じゃ、ちゃんと予定日に生まれないかもしれませんよ。もう三十五週なんだから、もう少し赤ちゃんが下がってこないと!」

そう言われて、正直なところほんの少しホッとしてしまった。

私が選んだ出産方法は和痛分娩《わつうぶんべん》といって、麻酔を使って陣痛の痛みを和らげながら出産するという方法。出産当日は麻酔科医にかかる必要があるので、あらかじめ日程が決まっている。ただ、予定よりも早く陣痛がくる場合もあると言われていた。

近頃は、そうなったらどうしようとドキドキしていたところ。何故なら、普段スポーツを見ない私が唯一と言っても良いほど楽しみにしていた冬季オリンピック・パラリンピックのNHKテーマソングのオファーが、こんなタイミングで舞い込んできたのだ。

「これをやるなら、歌詞はサオリちゃんが書かないと」

SEKAI NO OWARIは、ヴォーカルの深瀬くんとギターのなかじんと私の三人の組み合わせを毎回変え、作詞作曲を行っている。

メンバーたちは、私が冬季オリンピックが大好きで、特にソチオリンピックでの浅田真央ちゃんのフリーの演技を何度も見返していることをよく知っていた。真央ちゃんが演技直後に流す涙を見ながら、「真央ちゃんみたいに私もがんばる！」と、今日まで歩んできたと言ってもいい。真央ちゃん大好き。

だから、「オリンピックはサオリちゃんが」と提案されたのだ。

本当はマネージャーのキタさんでさえも、そろそろ産休にしようと思っていたらしい。実際、陣痛が来てしまったらそこで制作は終わってしまうけれど、そんなことはメンバーもスタッフもわかっていた。

「完成させられるかわからないけど、出来るところまでやってみてもいい？」

そう聞いたら、メンバーたちは頷いてくれた。

結局、私となかじんと深瀬くんの三人で共作し、編曲は音楽プロデューサーの小林武史さんの力も借りようということで制作が始まっていた。

「まさか、まだ仕事があるわけじゃないですよね？」

見透かしたようにオペラ先生が言うので、どきり。私があと少しだけ、と右手で小さなコの字を作ると、

「まあ、ずっと働いていた人が急に仕事を休むと、不安になりますからね。仕事をして動

くことも、悪いことばかりではないと思います。でも、無理のない程度ですよ」

母子手帳に健康であることを書き込み、私に手渡してくれた。


今の私には自宅が二軒ある。

一軒は夫と暮らす家で、もう一軒は、結婚するまでメンバーと一緒に暮らしていたシェアハウス。後者には音楽スタジオもあり、いつもここで試行錯誤を繰り返して楽曲制作をしている。通称・セカオワハウス。扉を開くと、メンバーたちが集まっていた。

「予定日より早くは生まれてこないだろうって。あと一万歩歩けって言われた」

どさっとソファに寝転びながらメンバーに報告した。エレキドラムの前に座るなかじんが、「お疲れさま」「一万歩は結構あるよね」と声をかけてくれ、ラブさんが「すげえなあ」と呟いた。恐らく、「高校生のときからずっと一緒にいるサオリさんのお腹の中から、本当に子どもが出てくるんだ、すげえなあ」という意味だろう。

お腹を投げ出していると、深瀬くんがまじまじと私を見ながら、

「サオリちゃんは妊娠で全然変わらなかったよね」

と言った。

「え、本当に？」

「うん。俺、もっと性格が変わっちゃうのかと思ったけど、変わらないね」

十一キロも体重が増えたので足も腕も太くなったし、お腹は「ふたごですか？」と聞かれるくらい前に迫《せ》り出しているけれど、泣きたいような嬉しさが込み上げてくる。

見た目は変わっても、私自身は妊娠によって変わりたくなかったのだ。特に男子メンバーを不安にさせたくないという一心で、無理をして仕事をした日もあった。

妊娠した瞬間から「お母さんの顔になったね」と色んな人に言われてきたけれど、素直に喜べなかったのは、『子どものためなら何でも出来る優しいお母さん』という枠組みに押し込められた気がしたからだ。

私は子どものためならなんでも出来る優しいお母さんではなかった。

妊娠発覚前はテキーラを飲んでしまい、生魚を食べることに悩み、ケーキを我慢できず、出産直前の最後の一日まで仕事をしようとするお母さんだった。

アレンジ作業に区切りがついてから、セカオワハウスの自室を子どもが暮らせる仕様に変えた。今まで使っていたベッドは、赤ちゃんが眠ることを考えると脚が高すぎたので、夫がノコギリで切ることになった。ぎこぎこ、と脚を切るそばで、私が掃除機を持って木《き》屑《くず》を吸う。

マスクをしながら中腰でぶおおおとやっていると、突然、電話が鳴った。『ふたご』の編集者の篠原くんからだった。

「お伝えしたいことがあるので、今から日本文学振興会の担当者に変わりますね」

「は……はい？」

「お電話変わりました、日本文学振興会の者です。今、お電話よろしいですか？」

一体何の話なのかわからないまま、夫に、ちょっと待ってという合図をして、部屋の前にある脱衣所の扉を開けた。木屑だらけの靴下をはらいながら、

「すみません、はい、大丈夫です」

と、伝える。脱衣所は風呂場の窓があいていて寒かった。妊娠がわかったのが四月。今はもう十二月なのだ。

「この度、第百五十八回の直木賞候補に『ふたご』が選出されました。候補になることをご了承頂けますか？」

「え？　あの、もう一度伺ってもいいですか？」

「第百五十八回の直木賞候補に『ふたご』が……」

「な、直木賞!?　ふたごが？」

「おめでとうございます。それでは後日発表となりますのでよろしくお願いいたします」

そう言われ、何も飲み込めないまま電話を切った。

急に、家の前の道路を走る車の音が聞こえてくる。スマートフォンを見ても篠原くんの名前が表示されているだけだとわかっているのに、通話履歴を見つめてしまう。直木賞？

直木賞というのは、私が中学生のときから読み漁《あさ》っていた本の帯によく書かれていた賞のことだ。受賞作を何冊も読んできたけれど、どういう本がどういう過程を経て候補作になるのか、全く知らなかった。自分とは違う世界で活躍している人たちのものだと思っていたから、自分の作品が、しかもデビュー作が候補に挙がる可能性なんて一度も考えたことがなかった。

自室の扉を開けると、ノコギリを持った夫が何か起きたのかと心配そうにこちらを見た。呆然としたまま、どうやら初めて書いた小説が直木賞の候補になったらしい、と伝える。

「そんなことってあるの？」

まさに、私と同じ気持ちだった。

そんなことってあるの？

やったー！　と声をあげて喜ぶような現実味はなく、喜んでしまったら最後、四方八方から刺されて死ぬのではないかと思った。

出産の予定日が迫っているのですぐに直木賞ノミネートの取材を受けることになり、平昌《ピョンチャン》オリンピック・パラリンピックのＮＨＫテーマソング『サザンカ』のレコーディングを行い、最後のマスタリング作業（仕上げのニスみたいなもの）まで一気に終えた。

お腹の子どもは小さめのスイカほどの大きさになっていて、腰の痛みで椅子に座れず、始終変な体勢でスタジオの何かにもたれかかっていたけれど、仕事の合間に一万歩歩かなきゃいけないんだよと言ったら、夫やメンバーはいつも一緒に歩いてくれた。

「最後までやり切ったなあ。大したもんだ！」

「はい、じゃあ産んできますっ！」

『サザンカ』を一緒に作った小林武史さんに手を振って、そのまま出産する病院へ向かう。

結局、産休はゼロ日だった。

大好きな冬季オリンピック・パラリンピックのテーマソングには、アスリートへの敬意を込めてこんな歌詞を書いてみた。

誰よりも転んで　誰よりも泣いて　誰よりも君は　立ち上がってきた

僕は知ってるよ　誰よりも君が一番輝いてる瞬間を

夢を追う君へ　思い出して　くじけそうなら
いつだって物語の主人公が立ち上がる限り　物語は続くんだ
嬉しいのに涙が溢れるのは　君が歩んできた道のりを知っているから
（『サザンカ』 SEKAI NO OWARI）

妊娠四十週　出産

病院に着いてすぐに診察台へ呼ばれた。和痛分娩は一泊入院して行うので、その準備だそうだ。

「明日の出産に備えて、今からバルーンを入れておきますからね」

「バルーン？」

「子宮口にゴムの袋を挿入し、お水を入れて風船みたいに膨らませるんです。そうすると、刺激で陣痛が起きやすくなるんですよ」

結構アナログなんだなと思っていると、診察台の脚が自動で動き、脚がパカーンと左右に開いた。妊娠初期は恥ずかしさから内腿《うちもも》に力が入ってしまっていたけれど、今では台の上で脚が開いていても、浮き輪の穴にお尻を入れて空を見ながら浮かんでいる人のようにリラックスできる。

疲れた体を台に預け、全身の力を抜いていると、突然ものすごい速さでオペラ先生が子宮口にずぼっと手を突っ込んで、引いた。

プールでぷかぷか浮いている最中に、猛スピードで泳ぐ魚の如く、オペラ先生の手刀が子宮の奥を突く。不意打ちすぎる。衝撃に息が止まった。

「はい、バルーン入りました」

涼しい顔で、オペラ先生は診察台の脚を閉じるボタンを押す。痛すぎて尻に変な力が入り、おかしな形のまま固まっていた私の体が、自動的に折り畳まれて座っている状態にされた。今の何？

状況についていけないまま、よたよたと立ち上がってみると、太ももに真っ赤な血がついている。

「ちょ、ちょっと出血しました！」

カーテンの中から助けを呼ぶように報告してみたが、看護師さんに、ああ、大きめのナプキンがそこに置いてあるのでつけて下さいね〜と軽く返される。

なんだ、出血前提の処置だったのか。急に疲労感を感じたけれど、事前に言われて構えるよりマシだったかもしれないと、無言で下着にナプキンを装着した。

個室に戻ってからも、バルーンの衝撃からなのか、生理痛のような痛みが続いた。それは高校生の頃の一番痛かった生理みたいな痛みで、生理痛の重かった私は通学前に冷蔵庫から座薬を取り、ぴっとお尻に入れて高校に行っていたことを思いだした。ちょうど満員電車に乗ってるあたりで効き始めて、ホッとするんだよな……。

夜八時になると、一緒に来てくれていた夫は家に帰るように指示された。個室に置いてあるソファはベッド代わりになりそうなのに、泊まっちゃダメなのお？　せっかく個室にしたのにい？　と、未練たらたら。

私、最後の夜くらい夫と一緒にゆっくり陣痛を待って、妊娠期間の思い出話なんかができるかもとロマンチックなことを考えてました。

でも看護師さんは、あははおほほで出産に臨もうとする私を牽制《けんせい》するように、「赤ちゃんの夜のお世話をご主人がなさるときのみ宿泊可能です」とピシャリ。まあ、そうですよね。

仕方なく夫に手を振ったあと、誰もいなくなった病室でトイレに立つと、また出血していた。今度は二日目の生理くらいの、結構多めの出血。いや、そもそもこの血は、何の血なんだろう？

生理のときは不要になった赤ちゃんのベッド（子宮内膜）が剝《は》がれ落ちて血が出るはず。でも今、ベッドは使用中のはず。ということは、これはバルーンを入れたときの血？　未だに子宮口で受けたオペラ先生の手刀の感触が、生々しく残っている。

「サオリさん、そろそろ就寝で〜す」

看護師さんが扉をあけたのは、夜九時。いやいや、こんな時間に寝られる訳ないでしょう、こちとら一応ミュージシャン、最近早寝になってたといっても夜型なんやで。抗議の顔を作ろうとすると、

「すぐに眠れなそうだったら、これ飲んで寝てください」

睡眠導入剤を渡された。私の言うことは、全てお見通しの様子。

言われた通りに薬を飲むと、いつのまにやら眠っていた。ふとお腹に鈍い痛みを感じて起きたのが、午前三時半。

しっかりと眠って出産に備えないと、ともう一度目をつぶってみる。暫《しばら》くすると、暗闇の中で苦しそうな声が聞こえてきた。お隣の部屋のようだ。これから一緒に出産する仲間なのだろう。あちらは早くも陣痛がきている様子。

陣痛かあ……どんなだろう……痛いんだろうか……どのくらい痛いんだろうか……。考えながらうめき声を聞いていると、段々自分のお腹も痛くなってきた。

あれ、もしかして私も陣痛？

でも、こんな時間にナースコールを押して、違ったらなあ、と躊躇《ちゅうちょ》した。相手は、バルーンで出血しても目の色ひとつ変えなかった看護師さん。

「ハッこの程度の痛みで陣痛なんて笑わせる」と、嘲笑《ちょうしょう》されたら恥ずかしい。我慢していると、いつのまにか朝五時になっていた。相変わらず生理痛のような痛みが続いていて全く眠れないので、もうあかん！　とナースコールを押した。

「あら、バルーンも抜けてるし、陣痛きてますね。子宮口三センチってところです。痛いの我慢してたんですか？」

「あ、はい……」

「何かあったら、ナースコール押して下さって大丈夫ですよ」

「まだ真っ暗だったので、迷ってました。でも、お隣の部屋から唸《うな》る声が聞こえてきたので、一緒にがんばろうって気持ちで耐えてました……」

「お隣ですか？　今誰もいないですよ」

えっ？

ええっ？

では私はさっきまで誰と一緒に陣痛を耐えていたと？

これから五日間もここに泊まる予定なのに、お化けが出たと？

驚いている私をみて、看護婦さんは不思議そうな顔で部屋から出ていった。

妊娠しているお化け疑惑。もし本当に、陣痛で苦しみながら子どもを出産しようとしてるお化けだとしたら……あまりに不憫《ふびん》すぎる。悲しすぎる。そんな状況で亡くなった人が、まだ出産しようと頑張っているのなら、可哀想すぎる。

全然怖くなかった。むしろ同志だ。一緒に出産頑張ろうね。

夫が到着した朝の六時半頃、痛みのピークが到来した。夫はすぐに腰をさすりながら「ガンバレ」と言ってくれるのだけれど、今は十二月。少しでも冷たい手が服の上から触れるだけで、腰が割れそうに痛い。

「てぇぇぇえええあったためてぇぇええ!!」

それだけは何とか言葉にしたものの、一時間も経つとあぁぁぁあという言葉しか出なくなった。看護師さんが「息を吐いて」と教えてくれても、うまく息を吸ったり吐いたりできない。体が思うように動かず、脚でベッドをがしがし蹴ってしまう。

ようやく麻酔科医の先生がきてくれたのは、八時半。麻酔は痛いかもしれないと事前に言われていたけれど、陣痛の痛みで何も感じなかった。ブスブスやってくれや、先生！むしろ、バルーンの痛みの方を事前に教えてくれい！

麻酔が効き始めると、雨雲をふうっと吹き飛ばしたみたいに痛みが晴れていくのがはっきりとわかった。

それは本当に清々しいほどで、景色は青い空、白い雲、草原の上で両手をぐっと上にあげて伸びをする私。最後はカメラ目線でにっこり笑顔、『麻酔って本当に最〜高！』テーブルには、夏野菜で彩られたカレーが置かれている。

今や痛みはほとんどなく、陣痛計なるもので陣痛の波がきていることを確認しながら、ふむふむこの違和感が陣痛ね、という感じ。

むしろ、麻酔を打たなかったらあの先どうなっていたのか。陣痛の序盤であれだけ痛いなら、自然分娩で産むときはどうなってしまうんか⁉　恐ろしくなる。

暫くして、母が駆けつけてくれた。ベッドの上で手を振りながら「今子宮口六センチだって〜」と報告する私をみて、母はドサっと荷物を落とし、言葉を失っていた。母の時代では、お産とは「腹でも何でも切って、今すぐ出して下さい！」と絶叫する以外に選択肢がなかったので、タイムマシンに乗って未来にきた人みたいに、

「ほ、ほんまに痛くないのん？」

と私の頬を心配そうに撫《な》でた。ほんまに全然痛くないんやな、これが。

昼の二時になると、オペラ先生がやってきた。

「子宮口十センチ、いい感じね。助産師さんと一緒に、いきみ方を練習しておいてください」

どうやら幾つかのお産を同時におこなっているらしく、忙しそう。白衣をさっと翻《ひるがえ》し、すぐにまた部屋を出ていった。

私は助産師さんの指示に従って、下腹部に力を入れる練習を始めた……のだけれど、排便してしまうのではないかという恐怖でうまく力を込められない。どうしても体が「こんなところでウンチしちゃだめ」と反射的に思ってしまい、力が抜けてしまう。こちとら二歳でトイトレを始めて約三十年、人前でウンチを漏らさない努力と経験を積み重ねて今日まできている。そんなに簡単に出せるわけがないし、そんなに簡単に出てきてもらっても困る。助産師さんに正直に言うと、

「便が出たらお産が早まりますよぉ、いいことです！」

まるでおみくじの内容を説明するみたいな言い方で返された。凶が出たら今が一番悪いってことですよぉ、この先よくなるだけです！

いや、そんなこと言われたって、夫と母が風神と雷神みたいに右肩と左肩脇に立っている状態で、「ウンチでた、ラッキー!!」と喜べる人なんているのだろうか。

まだ四歳のいとこに、

「ウンチするから見ないで、トイレから出ていって」

と怒った顔で言われたことがある。排便するとき、誰にも見られたくないというのは人

間が生まれながらに持った本能なのだ。

結局、どんなにいきんでも絶対排便しないと確信してから、少しずついきめるようになった。

午後三時になると、再びオペラ先生が登場。

すごい剣幕で股を覗《のぞ》き込み、

「いきんでっ！　一瞬吐いて〜、すぐ止めてっ！　またいきんでっ！」

と、まるで祭りの掛け声のように指揮をとった。

ソイヤ！　ソイヤ！　ソイヤ！　ソイヤ！

神輿《みこし》の喧騒《けんそう》が聞こえてきそうな、迫力のある声。

私が妊娠糖尿病の検査のあとにトシ・ヨロイヅカのケーキをこっそり食べていたときも、

「運動しなさい」と言われたのにソファで寝転んでいたときも、オペラ先生は毎回こんな声でお産を指揮していたのか。

反省と共に感動していると、オペラ先生はものすごい勢いで膣《ちつ》に指を突っ込んで、お腹の中で何かをグニャリと回転させた。

「さあ、髪の毛見えましたよ！」

ええっ、もう？　っていうか、赤ちゃんなのに既にそんなに髪の毛はえてるの？　流石《さすが》に最後の瞬間くらい痛みを感じるのだろうと覚悟していたから、思いのほか早い展開に驚いた。じゃあさっきから内臓をパンみたいにこねこねしているようなこの感覚は、赤ちゃん？　えっ、これ赤ちゃん？

「いきんで！　少し止めて、すぐにいきんで！」

えっえっえっと混乱しながら指示に従っていると、オペラ先生がトイレのすっぽんのようなものを取り出して、

「さあ、いきますよ！」

と叫んだ。内臓がにゅるりと体から引き抜かれる感覚。生暖かいものが下半身を通り抜ける。ウンチをしたんじゃないかと一瞬不安になったけれど、出てきたのは赤とピンク色をした、しわしわの赤ちゃんだった。

「オニャ」

小さい声。

「オニャ、オニャア！」

「泣いた泣いた、元気な男の子ですね！」

すぐにタオルでくるまれ、子を胸元にのせられる。頭を吸引されたので、茄子みたいな形。幸せですぐに泣けてくるイメージを持っていたのだけれど、思いのほか冷静に思った。

でかい。

本当に今までこの子が私のお腹の中にいたんだろうか。

いくら伸縮するとはいえ、私の膣口《ちつこう》を通って出てきたとは到底思えない大きさ。香港と中国でライブをした日も、タイで泣いた日も、Mステもふたごのサイン会も、ずっとこの子が私のお腹の中にいて、くるくる回ったりお腹を蹴ったりしていたのだ。

まだ子どもがいることを知らずにアメリカで踊っていたあの頃から、子宮の中ではこの子が少しずつ成長して、十ヶ月かけて指や髪の毛や爪や目や性器をつくって……まじまじと体を一部ずつ見つめていると、やっぱり泣けてきた。夫も母も泣いた。

赤ちゃんが幾つかの検査のために台に乗せられている間、裂けてしまったところを縫ってもらった。一体どんな風に裂けたのか考えたくもないが、まだ麻酔が効いているのか全く痛くない。

「先生はいつもこんなことしてたんですね」

会陰《えいん》という、膣と肛門の間に糸がシューっと通っていく感覚は、くすぐったいと痒《かゆ》いが半分ずつといった感じ。

「貴方の世界も大変そうだけれど、私の世界もなかなかでしょ」

オペラ先生は笑った。格好いい。漫画だったら、見開きカラーで二ページを使ってもいいと思うくらいキマっていた。

麻酔が切れたら自室に移動しましょうということになり、夫と母と三人で暫く待つことになった。既にスタスタ歩けそうな感じがしたけれど、ふらつくと危ないと言われ、お布団をお腹にかける。夫と母が、「本当にお疲れさまあ」と笑顔を作ったのを見て、私は安《あん》堵《ど》のため息をついた。


いつの間にか病室で眠っていた。

目が覚めると、夫が「信じられない」という顔で、ベビーベッドにいる赤ん坊を眺めていた。焼きたての小さなパンを触るように、丁寧に小さな指の数を数え、足の甲を撫でている。溶けるような声で、いいにおい、かわいい、と言った。

私ですらまだ「こんなに大きな子が腹の中にいた」と驚いているのだから、夫は『この子のお父さんになった』という事実を、ようやく真正面から、急ピッチで受け止めている最中なのだろう。

目を伏せている夫と眠っている息子は、目元がそっくりだった。遺伝子ってすごい。私はまつ毛が短く、特に下まつ毛はマスカラを塗れないくらい短いのだけれど、息子のまつ毛は羨《うらや》ましいほど長く、綺麗にカールしている。夫と同じだ。

貴方は、正真正銘この子のお父さんだよ、と思う。

紅白のリハーサルを終えたメンバーたちも、駆けつけてくれた。

部屋に入ってくるなりベビーベッドを囲んで、うわあ、と声をあげる。小さい人間だ、こんな小さい人間初めて見た。目を丸くして覗き込みながら、あ、あくびをしたら、男梅サワーみたいな顔になってるよ、と笑っている。

「抱っこできそう?」

聞いてみると、三人ともブンブン顔を左右に振った。

「俺たちみたいな抱っこに慣れてない奴らが抱いて、何かあったら大変だから」

「何かって?」

「万が一落としたりしたらどうしよう……とか」

「三キロしかないんだから、落とさないでしょう」

「いや、そういうことじゃないんだよ、あまりに尊すぎて、抱くなんておこがましい気がするんだよ」

彼らはそう言って、慎重に息子の頬をつついたり、指を触ったりしてから、

「サオリちゃん、本当におつかれさま」

と労《ねぎら》ってくれた。

いろんな人から、「おめでとう」と同じくらい「おつかれさま」と言われる日だった。

確かに、十ヶ月の妊娠生活は長かった。

仕事をしながら、来る日も来る日もサイトで成長を確認して、どのくらい大きくなったのか、まだ心臓はできてないのか、まだ肺はできてないのかと不安に思い、もう少し頑張ろうね、とお腹に話しかけ続けて、ついに、やっと、ようやく会えたのだから。

ずっと会いたかったよ。

やわらかな体を抱くと、優しいミルクのような匂いがした。

育児編

生後三日　餅つき

　助産師さんが部屋に入ってきて、「さあ、授乳してみましょう」と言ったので服を脱ぐと、ぐいっと私の右乳を摑《つか》み、赤ちゃんの口の方へとひっぱった。助産師さんは正月の餅つきで餅を返すように力強く乳を伸ばし、「はいはい、もっと赤ちゃんの口を近くに寄せて〜！」と音頭を取る。

「はい！」「はいよ！」「よいしょ！」「いった！」

　授乳は神聖で穏《おだ》やかで美しいものだと思っていた。餅つきだった。

　そもそも上半身裸の状態で、こんなに堂々と人前でおっぱいを突き出すことにも恥ずかしさを感じていたのだけれど、こんなときに恥ずかしがっている自分が恥ずかしくて、「ま、これくらい当然ですよね」という顔を作って臨んだ。私はスタイリストさんの前で衣装に着替えるときも、「人前で着替えるのに慣れている芸能人風」を装い、堂々とパンツとブラジャー一枚になるような見栄っ張りなところがある。

でも、私の胸で助産師さんとの餅つきが始まると、その予想外の大変さと難しさに、本気で恥ずかしくなくなっていった。頭にねじり鉢巻をつけ、腰巻一つで労働していた江戸の女のように、私は汗をかいて右乳を赤ちゃんの口にねじこむことに集中した。

上手くフィットすると、赤ちゃんは目を閉じたまま、ちゅちゅちゅと乳に吸いつく。一瞬で、自分の命をこの子に捧げられる、と思った。んく、んく、と喉が上下するだけで、愛しくてたまらない。何だこのかわいい生き物は。今まで感じたことのある「かわいい」とは、圧倒的に違う。愛おしさで、胸が焦《こ》げついてしまいそうだ。

母乳をあげつつ、助産師さんは哺乳瓶を持ってきてかわるがわる吸わせた。

「いずれミルクにする予定があるなら、最初から哺乳瓶に慣れてもらわないと、飲まなくなっちゃいますからね〜」

どうやらおっぱいだけあげていると、いざというときに哺乳瓶を拒否することがあるらしい。私は一ヶ月後にレコーディングやツアーのリハーサルが始まるので、「いざ」に備えて母乳とミルクの混合授乳をおこなうことに決めた。

母乳が出始めたおっぱいは、見た目だけで言えば、通常よりもスリーカップ近くも大きくなっていて、十代の頃から夢みた理想の乳が遂に手に入ったといっていい。両乳房は真ん中にしっかりと谷を作り、ツンと上を向いている。乳というものは、大きさを伴うとこれほど神々《こうごう》しいものだったとは。思わず服をめくっておっぱいの谷間の写真を撮り、女友だちに送る。

「えー、めっちゃ巨乳!! セクシー!! 最高じゃん!!」

そんな友だちのメッセージを確認しなければ、現実と向き合う気になれない。

おっぱいが異常に固いのだ。乳の汁ではなく、何か固形物が入ってるのでは、と思うくらい固く、揺れない。走るとぷるんぷるんと水羊羹のように形を変え、いつまでも触っていたくなるおっぱいとは似ても似つかない感触。ガチガチに固まっているので、人差し指の腹でぎゅっと押すと粘土のように指のあとが残る。

信じられない。そんな呪いのようなおっぱいが、この世にあるのだ。

授乳の練習が終わると、次は看護師さんが「ちょっとおしもを見るので横になってくださいー」と言って、つけている産褥《さんじょく》ショーツをぺりぺりっと剝《は》がした。おしも、というのは膣や会陰などを示す言葉らしい。

産褥ショーツはおむつのような形をしていて、足から脱がなくても他人が簡単に取ることができる。血みどろになっているはずの性器をサクッと見られ、中に指を突っ込まれたり傷口を確かめられたりすると、もう身も心も預けたような気持ちになって、「一生貴方《あなた》についてゆきます」と、看護師さんに言ってしまいそうになる。

「少し中身が飛び出してますね〜。ここ痛いですか？」

「いいいいいいいたいです!!」

どうやら出産時に肛門近くまで会陰が切れてしまい、そのあたりが外側に出ているのだという。どういうことだ。

「ちょっとだけ押し込みますね」

看護師さんが性器の一部をぐっと中に入れ込んだとき、体が真っ二つに裂けるような衝撃が走った。痛みで目がチカチカした。

「うん、これで大丈夫。じゃあ、またきますね」

遠ざかっていく声を聞きながら、どこにも力が入らない体をばたんと横に倒す。ものすごく順調にお産は進んだと思っていたけれど、体はばらばらなんだと気がついた。

血が通うたびに膣が脈打っている。性器の中に小さな心臓があるみたいで、血液を送るたびに縫ったところがずきずきする。うふふ。あまりの痛みにおかしくなり、笑えてきた。スタスタ歩けるどころか、座ることすら出来ない。出産中、いかに麻酔が効いていたのか今頃わかった。

窓を開けると、冷気が猫のようにするりと入りこんできたので、急いで閉めた。小さなベッドで丸くなっている新生児は日中ずっと眠っていて、おっぱいを飲みたいときだけ「オニャ」と泣く生活をしている。

窓の外では、ビルや商店街の明かりが消えていた。大晦日というのは、こんなに静かでもの寂しい雰囲気だっただろうか。デビューしてからは紅白歌合戦やCDTVに深夜まで出演していて、街の様子を見るのは久しぶりだ。

私は「オニャ」と泣いている赤ん坊を「隊長」と呼んでみた。「応援隊長」の、隊長。これから応援してほしいことがあるので、彼には今後、隊長になってほしいのだ。

私はミトンやら帽子やら靴下やら、身につけられるものは全部つけてから、テレビの前で隊長を抱っこして座った。暫《しば》くすると、テレビ画面に『RAIN』を演奏しているメンバーたちが映る。

私抜きでの紅白歌合戦が始まったのだ。

「がんばれっ！　がんばれっ！」

グーになっている隊長の手を取り、仲間たちの映る画面へ向かって大きく振る。こちら側から見るとあちら側は異常に煌《きら》びやかで、まるで雨のように自然に、キラキラしたものが天井から降り注いでいる。

私は、紅白歌合戦に三度出場したことがあるので、もうすぐ出番のアーティストがトイレで歯磨きをしている姿や廊下で発声練習をしている姿、ステージ裏で世間話をしているところを、何度も見たことがある。古巣とまでは言えないけれど、見知った顔も多い。

それなのに、テレビの中にいる幼馴染《おさななじみ》は、まるで別の世界に住むスターみたいに見えた。いつもどこのラーメンが美味しいか、という話ばかりしているズッコケ三人組は、テレビの中ではちゃんとスターだった。深瀬くんは落ち着いて堂々とカメラを見据えていたし、なかじんは私の代わりに『RAIN』のピアノをしっかりと弾いてくれた。誇らしい夜だと思った。ラブさんは、いつも通りのラブさんだったかもしれない（そこがラブさんのいいところです）。

メンバーたちには「すごく格好良かったよ」「ありがとう」というメッセージを送った。

就寝時間になると、看護師さんが隊長を連れていってくれた。

少し名残《なごり》惜しい気もしたけれど、退院したら暫くまともに眠れないので、今のうちにしっかりと眠り、体を回復することを勧められた（勿論《もちろん》一緒にいたいと言えば、一緒にいることも出来る）。

このあたりは選ぶ産院によって考え方が大きく変わる。

産院が夜中赤ちゃんを預かってくれるかどうかは、完全母乳（母乳だけで育てること）

主義か、ということと密接に関係していて、完全母乳主義なら、赤ちゃんは夜中もおっぱいを飲むので預けられない。

混合授乳、つまり母乳とミルクを併用し、夜中にお腹がすいたときはミルクをあげればいい、という考えなら、夜は看護師さんが赤ちゃんをみることが出来るので、預かってくれる場合があるのだ。

完全母乳主義の産院で出産したキャリアウーマンの友人は、「早期仕事復帰するから、ミルクをあげたい、と話したけどダメだった」と漏らしていたから、徹底しているところもあるらしい。

私の選択した病院は「入院中は子どものお世話より、母体の回復重視」という方針だった。

会陰が切れた痛みであおむけになることが出来ず、寝返りを打つと痛みで起きてしまうので、睡眠は細切れ。でも自分のタイミングで寝たり起きたりできるのは助かった。

テレビを消して横になると、手に腹が当たる。触ってみると柔らかく、ぽよんとした部分を摑むことができる。もはや、お腹の方がおっぱいよりもおっぱいらしい触り心地。

三千グラム以上の子どもを産んだのだから、もう少しお腹はへこんでも良さそうなものなのに、大きさは全くと言っていいほど変わっていない。

「ジャーン！　実はまだ出産してへんねん！」

と言ってこのお腹を見せたら、出産に立ち会っていないない父なんかは「ほんまやな」とすぐに納得してしまうだろう。

体重も、当たり前かもしれないけれど、ちょうど子どもの分しか減っておらず、妊娠前から比べるとプラス八キロ。

八キロってあんた、二リットルの水四本分やで？　ピカチュウ一匹と牛乳パック二本分やで？『ふたご』の単行本、二十一冊分やで？（一冊三百七十七グラムでした）

芸能界では、産後すぐに体を戻して美しいボディラインを披露することが恒例行事みたいになっているけれど、その異常さよ。

この間伸びしたおっぱいのような腹は、そんなにすぐになくなるものではなさそうに見える。しかも、妊娠によって腹の真ん中には正中線《せいちゅうせん》という黒い線が出来て、何だかギャランドゥを鉛筆で描いたような見た目なのである。

こんなリアル、誰もインスタに投稿してなかったよ？

『産後すぐに美しい腹筋を披露』とか『驚異の産後ボディ』とか、ニュースではそんなものばかり目にしてきた。一瞬で無理だと悟る。

でも芸能界の常識から見れば、私もこのままでは「年をとって太った人」として扱われてしまうのだろう。

モデルや役者でもないし、顔や体で商売している訳ではないから、何か言われても、「産後すぐにがりがりに痩せているほうが不自然だと思いますぅ～！」

とでも返したらいいねん！

と思うのだけれど、でもな……やっぱりステージにも上がる訳で、格好つけたい気持ちもあんねん……。

と、誰もが産後の腹の秘密をしまい込み、『驚異の産後ボディ』だけがインスタに上がっていくのだろう。

仕方なく、出産祝いに頂いたホールケーキを丸ごと食べたい気持ちを抑え、出産祝いにかけつけた人に惜しみつつ差し出した。

生後一週～二週　作りたてのモッツァレラチーズ

　家に隊長を連れて帰る瞬間、

「え、これからは看護師さんなしで、この小さい人間を育てるってこと？」

と愕然《がくぜん》とした。

　看護師さんなしで隊長と生活するのは、車の免許を取った人が、初めて教習所の教官なしで路上に出るときの気分に似ている。

　今までずっと、助手席には教官がいたのに。本当に一人で交差点を右折していいの？　高速道路に乗って遠くまでいっちゃっていいの？　首都高一人っていうのは、流石《さすが》にまずいんじゃないの？

　看護師さんには、

「ふふふ、皆さんそう仰《おっしゃ》いますけど大丈夫ですよ」

と上品に手を振られた。幾つも大変な状況を越えてきた人の、達観した笑み。

家に到着し、自宅での育児が始まった。

自宅と言っても、着いたのはセカオワハウス。結婚するまで暮らしていたこの家には、音楽スタジオと各メンバーの自室がある。

私の部屋も夫婦二人と子どもが泊まれるくらいの広さはあるので、夫と話し合い、新生児の一ヶ月間はここで育てようということになった。

産前、「もう休みたい」と散々書いていたのに、出産してすぐに仕事仲間の集まる場所に出向いている理由を説明したい。

題して『みんなの子ども化計画』の始まりである。

私には十四歳離れたいとこがいて、生まれたときからおむつを替えたりご飯をあげたりしていたのだけれど、お世話をするたびにどんどん愛しさが増していった……という経験がある。きっと子どもというのは、成長を知れば知るほど、世話をすればするほど可愛く思えてくる生き物なのだ。

そこで、ここにいる三キロほどしかない隊長である。

ここは無理にでも一緒にいる時間を取れば、僅かな成長を感じることで愛しさ倍増、新生児に免疫《めんえき》のないメンバーたちなど一網打尽《いちもうだじん》にできるのではないか。

もし計画成功となれば、隊長がレコーディングスタジオに来たり、一緒の車に乗りこんだりしても「みんなの子ども」として扱ってもらえる。慣れない育児で今まで通りの仕事が出来ない日がきても、隣で育児を見ていれば理解を得られ、労《ねぎら》いの言葉をかけてくれるだろう。何なら、男たち三人の育児スキルもあがってくれれば超ラッキー！

という計画なのである。

仕事仲間が男ばかりで、なおかつ誰も子どもがいないとなると、育児への無理解で傷ついたり、スケジュールを組み立てる際に軋轢《あつれき》が生じる可能性は高いことが予測できる。産後の恨みは一生の恨み。ここで入ったヒビが今後のグループ活動に影響してくることを、できる限り避けていきたい。

そもそもバンドやアーティストグループの中に、出産を経てもグループを辞めずにいる女性が何人思い浮かぶか考えれば、子育てをしながらバンド活動を続ける難しさは容易に想像できた。

プロモーションやレコーディングの仕事は保育園の時間だけでは足りないし、ツアーを回れば何日も家に帰れないし、数週間、撮影や制作で海外に行くこともある。常に夫や両親がいればいいけれど、この先どんなときも誰かが見てくれるとは限らない。

いざ現場に連れていった日に邪険《じゃけん》にされず、「よくきたね」とみんなが可愛がってくれるような状況を作っておけば……というか、作らなければ、バンド活動をしながら育児なんてきっと出来ないだろうな、と思ったのだ。

さて、ついに育児がスタート。

今まで自分が眠っていたベッドに乗せてみると、こんな作りたてのモッツァレラチーズのような生き物が、私のお腹の中で育ったんだなあと頬擦《ほおず》りしたくなった。溶けてしまいそうなくらいふわふわで、いいにおいがする。ぱくっと一口で食べてしまいたくなった。

布団をめくって授乳をし、隊長の隣で横になる。会陰切開したところが痛み、まだ椅子に座っていられないので病院でもずっと横になっていた。

隣で眠り、もし隊長に異常があったときに起きられなかったらどうしよう、万が一潰してしまったらどうしようと心配していたけれど、それは全くの杞憂《きゆう》だった。

隊長が「ほにゃ」と言っただけで、目に火花が散ったのだ。

それは初めての感覚で、どんなに眠くても、「ほにゃ」の「ほ」くらいで、バチーンと火花が散り、起床スイッチが入る。二回に一回はただ「ほにゃ」と言っているだけなのに、私の目はぱっちりと開いてしまう。

健《すこ》やかに眠る新生児と夫の隣で、一人だけ目つきがおかしくなった。起きた直後は心拍数が上がり、暫く胸に手を当てたまま呆然《ぼうぜん》としてしまう。

こ、これは、想像以上にキツくなりそう……そんな悪い予感が的中したことがわかるまでに、時間はかからなかった。

隊長は二時間に一度くらいのペースで泣くので、授乳と抱っこをする。でも、その二時間のうちに何度か「ほにゃ」「ほにゃ」と言うので、私はその度に目が覚める。

「ほにゃ」を言ってないときにも、こんなに長い時間何も言わなくて、死んでいるんじゃないか？　という急激な不安が襲ってきて、隊長の口に手を当て、息をしているか確認したくなる。

つまり、数十分に一回起きている計算になる。

昔、『最後まで起きていられた人が賞金を貰える』という内容のテレビ番組を見たことがあるけれど、鏡に映る私は今、あの出演者たちと同じ顔をしていた。よだれをたらしながらマットに沈んでいったあの大人たちと、同じ顔。

血走った目に目薬を垂らすと、ベッドでは夫が幸せそうに眠っている。

（こ、こんな状態で寝れるんだ……）

突然、妬《ねた》みと怒りを混ぜたような感情が湧いてきた。

あれ……まさかこれ、ちまたで話題の、子どもができた途端に夫が寝ているのがむかつく現象？

でも、夫は世間一般でよく言われる『赤ちゃんが泣いているのに全く起きない夫』じゃなく、一定時間泣いていれば、むくりと起きてちゃんとぬるいミルクを用意してくれる。

ただ、赤ちゃんが寝言のように言う「ほにゃ」「ほにゃ」の声では起きない。

「ほにゃ」で起きたところで、特に何も出来ないのだけれど、私だけが「ほにゃ」で何度も目を覚ましてしまい、どんどん睡眠不足になっていく。

それを繰り返していくうちに、「ほにゃ」が「ほんにゃ！ほんにゃ！ほんにゃ！」になるまですやすやと眠っている夫が、どんどん腹立たしくなってくる。

ほんま、よう寝れるなあ！

と、言い放ちたい気持ちが湧いてきたのである。


夫に出会ったのは東日本大震災があった二〇一一年の年末。

人生をお洒落《しゃれ》に楽しむことを知っている人で、どこへ行っても、お金をかけずとも、一緒にいると豊かで楽しかった。五年間の付き合いを経て結婚し、同棲して子どもができて、順風満帆にきていたのに。

子どもを迎えて一週間で、夫の寝顔に苛《いら》ついている。

産後は夫婦関係が最も悪化しやすい時期だとは聞いていたけど、どうせ夫が家事育児をしないからでしょ？　うちは大丈夫だから！　と余裕綽々《しゃくしゃく》だった私。

「寝れなかったの？　俺が子どもを見るから、サオリちゃんは寝てていいよ？」

「いいよ別にっ」

今までこんな声を夫に出したことはなかったのに、何だか無性に、怒りをぶつけたくなる。

隊長はそんなことが起きているとは知るはずもなく、昼間の来客には、

「本当、よく寝ていい子ね〜」

と言われながら機嫌良く抱かれ、深夜ギンギンに泣いている。

生まれたばかりの赤ちゃんは、昼夜が覚えられないのであと二ヶ月くらいはこんな調子らしい。

こんなに大変なことを、今生きている人間全てが通ってきた道だということが信じられなかった。そのへんを歩いている人の三分の一くらいは卵で生まれ、孵化《ふか》した瞬間から一人で勝手に動いてました、とかの方がよっぽど納得がいく。

生後三週

死んだ魚の目

隊長が泣いている。

おっぱいも飲んだしおむつも替えたのに、ずっと泣いている。立って抱っこをしながら、アップテンポの曲をかけて踊っていると泣き止むのだけれど、休憩した途端に号泣。どうやら隊長は、セカオワハウスのリビングを円山町のクラブばりに盛り上げるつもりらしい。

「流石《さすが》ミュージシャンの子だね！」

親族や友人たちにその話をすると、私を喜ばせようとしているのか皆そう言った。そのときは、あははと笑っていたが、彼らが帰ったあと、椅子に座ることを許されず、地獄のダンスホールと化したリビングで、深夜踊り続けている夫がいた。「腰が痛い」と早々に辞退し、人をダメにするソファで寝転がっている私に変わり、死んだ魚の目をして踊り続けている。

あまりに泣くので調べてみると、生後三週目は、大人たちが赤ちゃんに翻弄《ほんろう》されることから『魔の三週目』と呼ばれているのだと知った。

その理由は諸説あるけれど、有力な説の一つとして、自分がいる場所が変わったことにようやく気づいた……というもの。羊水《ようすい》どこやねん、寒いねん、ここどこやねん！　ということらしい。

言われてみれば隊長は、お腹にいるときとおなじように動かんかい！　と要求しているようにも見える。臍《へそ》の緒《お》で繫《つな》がっていた時期は、座っていることが多かったとはいえ、常に揺らぎのようなものがあったのだろう。

でも、夫だって四六時中踊り続ける訳にはいかないし、既に限界が近いことは見ればわかる。

どうしたら隊長は満足してくれるのか？　と考えていたら、タイミング良く知人から「オート揺りかごいる？」と言われ、そんな凄いものがあるのかと試すことになった。人類の叡智《えいち》。悩みあるところに進化あり。

機械の力で育児をこなし、それを見ながら優雅にトロピカルティーを飲む親……未来の子育て絵画である。

しかし、これが、全然ダメだった。

隊長は揺りかごの中にすぽっと入った瞬間から号泣し、そこから慌てて最速モードにしてみるも、泣き止まない。ほとんど目は見えていないはずなのに、抱っこから手を離したことも、人間が揺らしていないこともバレている。それどころか、酷《ひど》く怯《おび》えている。

考えてみれば、大人だって無機質な横揺れを繰り返すベッドに突然縛りつけられたら怖い。

あまりに効果がなかったので、オート揺りかごを頂くことは辞退し、今度はバウンサーなるものを仕入れてみた。オート揺りかごが六万円もするのに対し、バウンサーは一万円。六万であかんかったのに、一万で効くん？　と、値段でしか物事を見られない浅はかな人間っぷりを夫の前で露呈してしまったが、なんとこちらは効果があった。

バウンサーは、手動だ。

隊長をバウンサーに乗せベルトを装着し、足でバウンサーを揺らしながら天井を見つめる。隊長は揺れ方が気に入ったのか、キャッキャとはしゃいで手足を動かしていた。そのまま眠ってくれることもあり、大変助かる品だったのである。

「赤ちゃんのお世話をしているときは、なるべく目を見て」

とは、よく言われること。大人同士の会話だって、そりゃあ目は見た方がいい。

でも、無理なのだ。

産後のだるさが抜けない状態で「オニャ」しか言わない赤ん坊に目を向け、「ほら、今日はお天気がいいよ」「あらら、そんなに嬉しいの」「うんうん、にこにこだねえ」「オイショオイショ、キック上手にできるねえ」なんて会話を一日中し続ける能力は、私にはなかった。

赤ん坊の乗っているバウンサーを足で揺らしながら、死んだ魚の目をして天井を見続ける。絶対に痩せない健康器具をだらだら使い続けているような、怠惰《たいだ》な雰囲気が漂う。すごく頑張っているはずなのに、そう見えないのが残念である。

私は、何かにつけて楽ちんグッズを買うのが好きで、『これ一台に具材を入れるだけで煮物も焼き物も調理可能』みたいなものを見ては、「めっちゃ良いじゃん！」と飛びついてしまう性格だ（夫に断固反対される）。

揺りかごやバウンサーのような育児グッズもその一つで、いかに効率よく、いかに楽して隊長を育てられるかを考え、自分の負担を最小限に止《とど》めようとするところがある。

それなのに、最近は自ら必要のないことをして疲れてしまっている。

普通に考えれば、今は新生児とたくさんの時間を過ごし、深夜起きて授乳をしたり、昼まで眠ったり、一日の大半をベッドで過ごしたりすればいい。

でも、私は仕事から育児への急激な生活の変化に焦り、子どもが寝ているうちにパソコンで様々な習い事を検索しまくり、何故か……オンライン英語レッスンを始めてしまった。

アメリカ人のジョナサンは、タイに住んでいると言った。

アメリカ人はすぐにディベートをしたがるが、タイ人は笑って解決することを知っているので、タイの方が好きなのだそうだ。

「サオリは朝起きてから、いつもどんなことをしているの？」

ジョナサンは同い年で、とても綺麗な英語を話す。隊長は寝室にひとりきりにしていてもぐっすりと眠っていた。

「んー、まずはベッドの中でひと通りニュースを読むよ」

「どんなニュース？　海外の政治とか、差別問題や戦争関連のニュースも読むの？」

ジョナサンがわざわざ聞くということは、話したいトピックがあるんだろうか。

「うん、大きく報道されているものは大体読んでる」

そう返した。「トランプ政権についてどう思う？」とか「アメリカとロシアの関係について、日本からはどう見えてる？」とか、そんな質問がくるのだろうか。難しいことは話せないけれど、そんな話を英語で語り合えるようになったら私も成長できると姿勢を正した。アメリカの同性婚やＬＧＢＴＱについては特にニュースを読む回数が多かったので、いろいろ話してみたくもある。

「サオリはそんなもの読んで、テンション下がらないの？」

ン？

「考えたことなかったけど……確かにニュースは、悲しいものの方が多いよね」

「そうだよ。朝起きてこれから一日頑張ろうっていうときに、ニュースなんて見たらテンション下がるよ。しかもサオリは、赤ちゃんが生まれたばっかりなんでしょう？　誰が死んだとか誰が差別されたとかさ、考えなくていいよ。他の人のことなんて考えずに、まずは自分が楽しく生きることを追求しなきゃ」

ジョナサンは微笑みの国・タイで、誰が死んだとか誰が差別されたとかいうニュースを見ずに楽しく暮らしているらしい。

「他人なんてどうでもいいさ！」と満面の笑みで言われると、「そんなこと言えるかい！こちとら人前に立っとんねん！」とツッコミを入れたくなったけれど、今はジョナサンの言うことがやけに胸に刺さった。

楽しく生きるって……何だっけ？

何だか産後、生活からすっぽりと「楽しく」というのが抜けてしまっていると、気づいたのだ。

生後四週　ひよこのオスとメス

かつてこんなにも、悲しくてイライラする日々があっただろうか。

ひよこのオスとメスを分ける仕事のように、全てのことを「悲しい」と「イライラする」の二つに仕分けしていて、そのほかの感情の箱がなくなってしまったみたいなのだ。

夫は家事育児を文句なくこなしてくれている。

美味しいものを手早く作ったり、ビシッと角を揃えて洗濯物を畳んだり、システマチックに物を配置しながら掃除をしたり。

でも、夫がやってくれていることに目を向け感謝することが、何故だか難しい。片付けはテキトーでいいし、ご飯は出来合いを買ってくればいいし、それよりも、精神的なフォローをしてよ！　とイライラしてしまう。

「大丈夫？　出産ってトラックに撥《は》ねられるくらいの衝撃らしいよ。今は無理しないで、体を休めて」

とネットの適当な情報でいいから調べて労《いたわ》ってほしい。何なら、自ら始めた英語レッスンすら「今は疲れてるんだから、そんなに頑張らなくていいんじゃない？」と言ってほしい。

そんな気持ちがどんどん膨《ふく》らんでいって、

「こんなに辛いのに、夫は全然心配してくれない」

「苦しいときに声をかけてくれない、冷たい、寂しい」

「夫は助けてくれない」

と、悲しんだり、怒ったりしてしまう。

もしかすると、夫がしてくれないことをわざわざ探し出して、イライラしたり悲しんだりしているのかもしれない。その可能性すら考えてしまうほど、常に不安定な気分が続いている。

そして、あまりに連日しくしくイライラしていたら、次第に夫が、自分のことを何もわかろうとしない、冷酷非道な男のように見えてきたのである。

特に授乳をしていると、その傾向が強く出た。

おっぱいを子どもにあげていると「プロラクチン」というホルモンが分泌されるらしく、

それには性欲を抑える働きもあるらしい。

私は赤ちゃんにおっぱいをあげていると、性欲がどんどんなくなっていくのがわかった。ぴゅるるると音をたてて、乳と一緒に性欲も出ていく。今やなくなりすぎてゼロというよりか、マイナス圏に突入中。

夫婦とはいえ産後すぐにエロいことをする必要はないし、夫からそういうモーションはないのだけれど、触りたいとか触られたくないとかいうレベルではなく、夫というよりは、もはや男性全員に嫌悪感が湧いてきた。

どこからともなく、憎しみとか怨恨《えんこん》とか、そんな類《たぐい》の感情がどんどん湧いてくる。

夫を含めた男性全員に向かって、

「野蛮人!!」

と叫び、石を投げつけたいような気分になってくる。

そんなことをしたらあんたの方が野蛮人やで、という正論はさておき。


どうしてこんなことになっているのだろうか?

どうやら、出産によって女性ホルモンが一気に下降線を描いたことが原因らしい。

「一気に」というのは、たいてい体に負担があるもので、十代で月経が始まる時期や、この先閉経する時期にも不安定になるのだとか。

私は「悲しい」と「イライラする」を繰り返す数日間を過ごしているうちに、いつの間にか新たなステージに突入していた。暗い荒野と怪しげな音楽。絶対に何か起きる……と思う暇もなく、新ステージで、未知の新キャラ『女性ホルモン』に脳みそを乗っ取られました。

もう一度書きます。

女性ホルモンに脳みそを乗っ取られました。

もう、今日は調子が悪いとか、なんだかイライラするという言葉では説明し切れない、圧倒的な力によって勝手に喋らされている……という感じがするのだ。

「ハッ……今私、女性ホルモンに喋らされてた……」なのである。

そして私を乗っ取っている女性ホルモンは、私とは別人格。真逆とは言わないまでも、百七十度くらい性格が違う。

あまりに違うので、その人格をホルちゃん、と呼ぶ。

ホルちゃんは突然「母親がそばにいてあげるのが一番なんだから！」と意気込んだり、「男って信用できない！」と怒ったり、かと思えば、「こんなに大変な思いをしているのに、夫はどうして平気でいられるの？」と泣いたりする。

男たちの髭《ひげ》やすね毛や筋肉は、何だか生々しくてグロテスクに見えるし、喉仏《のどぼとけ》が上下し、低い声が発されると鳥肌が立つ。男はみんな獣。出産の奇跡を理解せず、性的快楽に負ける獣！

ずっと一緒にいたメンバーたちですら、次第に獣に見えてくる。ラブさんが獣だなんて、本来なら考えるだけで笑ってしまいそうなのに、「どうせ女性の気持ちなんて考えてへんやろ」と、疑いの目を向けてしまう。

先日は、パパになったばかりの夫に向かって敵意を剝《む》き出しにして、

「どーしてこんなに部屋を寒くしているの？」

「どーしてバウンサーを揺らさないの？」

「どーしてミルクの温度をもっと確かめないの？」

「どーして泣いているのにすぐ抱っこしてあげないの？」

「どーしてのどぬ〜るスプレーを手に握ったのに、すぐに取り上げないの？」

「どーしてミルクをあげたのに、授乳アプリに記録するのを忘れるの⁉」

ぎゃ〜〜〜〜〜。

気づいたら、ホルちゃんにぼろぼろにやられた夫が部屋の隅でうなだれていたのでした。

違うの、私じゃないの、私が言ったんじゃないの！

と説明したいのだけれど、うまく言葉が出てこない。怒りや悲しみが津波のように押し寄せてきて、夫への気持ちが水の底へ沈んでしまっている。

ショックを受ける一方で、ずっとこんな感じが続いたら、この先離婚もやむなし、という現実がいきなり過《よ》ぎる。

厚生労働省の「全国ひとり親世帯等調査結果報告（二〇一六年）」によると、母子家庭全体（死別を除く）の約四割が、末の子どもが〇～二歳のとき……つまり、産後二年ほどの間に離婚をしているらしい。五歳まであげると、それは全体の約六割にものぼる。以前の私ならそんな報告を見ても、「子どもが生まれ、一番幸せなときになぜ？」と思ったはず。

今は悲しいかな、そのデータの意味がよくわかる。わかりすぎて、ため息が出た。

生後一ヶ月

いかにも哺乳類の動き

隊長が生後一ヶ月になったので、お宮参りのために明治神宮へ行った。

大広間へと案内されると、そこには既にたくさんの人。こんなにお宮参りの参拝客がいるんだ、と、驚いていたら、祈禱師《きとうし》が高い声で持っている紙を読み上げ始めた。

「やくよ～け祈願！」

「商売はんじょお～！」

「家内、あんぜえーん！」

お宮参りだけではなかった。何でもアリだ。中盤で私たちの「初宮もお～でっ！」も読み上げられたので、ごちゃまぜでいいんやったらえらいええ商売やな、と思った。手に持っているスケジュール表には、これが朝から夕方まで三十分に一回開催されると書いてある。

（ハッ……祝いの場ですらそろばんをはじいてしまう、大阪生まれの性《さが》が私にも……）

すると横で、生粋《きっすい》の大阪人である父と母が「一回に百人以上おるで」「これかて三万円も払《はろ》てるんやろ？」「この舞踊も二人だけやしな」とひそひそ声で話し始めた。流石は正真正銘ほんまの大阪生まれ大阪育ち、声出してそろばん弾いてはる。隊長にも、この大阪の血が半分流れている。

小さな袴《はかま》を着せられた隊長は、静かに眠り続けていた。

ちょこんと夫の膝の間に収まっている彼は、まるでディズニーランドで買ったテディベアに、服を着せて連れてきたみたいだ。近頃は一回二時間ほどの睡眠を繰り返し、トータル十五時間ほど眠っているので、祈禱師の声が聞こえても、祖母たちにカメラを向けられても、白目を剝いてくうくう眠っている。

かわいい。

安心しきっていたら、突然、ぶっと破裂音のようなものが聞こえた。そして続く、ぶりぶりりりぶりりりりり！

あまりの轟音《ごうおん》で驚いたが、なんと、テディベアの脱糞音だった。それも、静かな神楽舞《かぐらまい》の最中、とびきり目立った。

本人も自分のたてた音に驚いて起きてしまうほどの音量で、張り詰めた空気の会場を、あっという間に緩めてしまった。前にいる厄除《やくよ》け祈願のおばちゃんも、隣にいる商売繁盛のお姉さんもこちらを見て「お宮参りですか？」と笑いかけてくれている。

脱糞で場を明るく出来る人は、この世に赤ちゃんしかいないだろう。なんて尊い存在。赤ちゃん以外がやったら、この人混みでも半径二メートルくらいは人がいなくなるし、その日から陰で『モーゼ』と呼ばれるだろう。


お宮参りを終えてから、セカオワハウスではなく夫との自宅に戻った。

結婚してから二人で借りた家は、渋谷から徒歩十分の１ＬＤＫ。古いアパートの二階なのだけれど、エレベーターがないので、ベビーカーを上げ下ろしするのは暫く大変になりそう。こんなにすぐに、子どもと一緒に暮らす家になるとは思っていなかったのだ。

天井の高いリビングで、私は母乳をやめるかどうか考えていた。

周りでは少なくとも三ヶ月、多くの人が一年近く母乳育児を続けている中で、一ヶ月で母乳をやめるというのはかなり早い時期。こんなにも早く母乳をやめるかどうか考えているのは、そろそろ全国ツアーのリハーサルが始まるから。

実際のところ、リハーサルだけなら母乳をあげながらでも続けられる可能性はある。日中はミルクにして、朝と夜だけ母乳をあげればいい。一ヶ月で母乳をやめるのは早すぎるし、朝と夜だけでも頑張ってみようか……と考えていた矢先のこと。

アコーディオン問題が、たちはだかったのである。

私はライブ中、ピアノの他にアコーディオンも弾く。ピアノだけだとその場から動くことが出来ないので、数曲だけアコーディオンを弾き、客席近くまでいってパフォーマンスをするのだ。ここで問題が出た。

母乳でいっぱいになったおっぱいの上に重たいアコーディオンをのせ、左右に動かしながらアコーディオンを演奏する。

どうなるだろうか？

答えは、おっぱいから母乳がぴゅうぴゅう出ていって服を濡らす、でした。しかも痛い。左右にじゃばらを動かす度に、アコーディオンからはエキゾチックな音色を、口からは悲鳴を奏でる仕組み。出産直後の拷問器具みたいな楽器である。

私はおっぱいの出が凄くいい方ではなかったけれど、それでも上からぎゅうぎゅう押せばそれなりに乳は出た。アコーディオンを置いてから、自分の胸を見た。

あかん、びしょびしょやん。

ブラジャーと胸の隙間に入れていた母乳パッド（出てきてしまう母乳を吸い取ってくれるもの）を圧迫したせいで、母乳が染み出してしまった。漏れた母乳で、服の脇のあたりが乳臭くなっている。

よく、赤ちゃんを抱っこすると、

「うわぁ、いい匂い！」

と笑顔で言ってくれる人がいるけれど、それは私の母乳の匂いやで。この服嗅いでみ、同じ匂いやで。

オペラ先生には、「母乳をあげられるならその方がいいけれど、最初の一週間の初乳《しょにゅう》をあげれば、最低限必要な免疫はつけられるから、仕事が忙しいのに無理をしなくても大丈夫よ」と言われている。

完全ミルク育児に切り替えれば、ツアーのような泊まりの仕事もスムーズに出来るし、アルコール度数四十度を超えるシングルモルトスコッチウイスキーだって、カフェインバキバキのエスプレッソだって飲めるし、お酒と珈琲が大好きで、仕事と育児を両立しようとしている私には完璧なプラン。

でも、ホルちゃんはこう考え続けている。

「母親として多くの人がやってあげられることを、私はこの子にできない。

インターネットで調べてみると、母乳で育った子はいくつかの病気になりにくくなるらしい。でも、私にはそれができない。私がママで、この子はかわいそうだろうか」と。

母乳とミルクの影響の差を、はっきりと数値化することは難しいらしい。病歴や知能指数などを、家庭環境や受けてきた教育などの影響を考えず、母乳とミルクだけで測るのは無理だからだ。

母乳で育っても食生活が悪ければ病気になるし、完全ミルクでも健康的に過ごせば風邪ひとつ引かない人もいる。そもそも母乳が出ない人だってたくさんいるし、ミルクだからといって明らかに悪い影響は報告されていない。

うん、そんなことわかってる。

でも、ホルちゃんはか弱いのである。

世間の圧力にもめっぽう弱いのである。

知り合いから、

「そんなに早く母乳をやめて大丈夫なの？」

と聞かれると、やっぱりうちの子は大丈夫じゃないんだろうかと弱気になってしまうし、

「母乳育児の方が子どもは病気しないよ」

とハッキリ諭《さと》されると、うう、じゃあどうしたらいいのと、おいおい泣きたくなってしまう。

普段の私なら、生まれ故郷、大阪の血が騒ぎ「じゃあアンタがライブ出てくれんねん

な？」くらいは言えそうなのに、言えない。曲を作り、文章を書くことを生業《なりわい》にしていると、世間の圧力に潰されず、自分の意見を貫くことが使命だと感じることすらあるのに、言えない。

ホルちゃんだって、まだ隊長のそばにいたい……と思っている。

もうすぐ仕事が始まるというのに、仕事モードになれない。むしろ家で隊長を抱いていたい気持ちが日に日に膨れ上がって、胸の中で破裂しそうになっている。自分がこんなにも育児をしたくなるなんて、予想外だった。

私の仕事仲間は、九割以上が男性。

レーベルチームやライブチームにいるスタッフたちは忙しいので、子どもが生まれてもすぐに働きに出る、というのは普通のこと。

ツアーの遠征先で「今日子どもが生まれたんだ！」というスタッフにおめでとうと言ったことや、目の前にいる仲間と「妻の陣痛が始まったみたい」「わ、ドキドキだね！」なんて話してからテレビに出たことは一度や二度じゃない。

家事育児のほとんどを配偶者に任せ、自分は働きに出る。そんな仲間たちとずっと一緒にいて、それを当たり前にやっているのを見てきた。

遠征中など、新生児と離れていても「ふぃ〜、今夜は自由に飲めますわ！」と、喜んでさえいるように見えた。あれは、何だったのだ。

私も同じようになるのだと思っていたから、子どもと離れる時間が多くなることにこんなにも痛みがあるなんて、想定していなかった。

結局、生後一ヶ月で母乳育児をやめることに決めた。

下着を外し、膨らんだ乳房を顔に近づけると、隊長は目を閉じてちゅちゅちゅ、と吸い付いてきた。生まれたばかりの子犬や子猫みたいに、いかにも哺乳類、という感じの唇の動きをするのが愛おしい。

もう数日で、こんな風には過ごせなくなる。

急に生暖かいものが胸に込み上げてきて、眠っている隊長の横で泣いてしまう。

ホルちゃんに乗っ取られると、「サゲ」のようなノリのいい落ち込みも、「ぴえん」的な可愛らしい悲しさも、全部が全部「悲しい」「イライラ」になる。

それはもう、Uターン禁止の道をウインカーも出さずにぐるんと回るくらい暴力的な角度で、感情を捻《ね》じ曲げていってしまうのだ。

これはもしかして、もしかすると、産後うつってやつだろうか。

薄っすらと気づいていたけれど、ネット上に載っている幾つかの産後うつチェックリストをやってみると、全てで「産後うつの可能性が高い」という結果になった。

産後うつの症状『気分が沈む／周囲に対する興味や喜びがあまり感じられない／眠れない／育児がうまくいっていないように感じられ、それは自分のせいだと自分を責めてしまう／不安／緊張／頭痛／疲労／食欲不振』の中で、食欲不振以外の全てに当てはまる。

ああ、ホルちゃん、なぜか食欲だけはあるんだよね……（だから相変わらず八キロ増のまま）。

でも、それがわかったところで精神科にもカウンセリングにも行かなかった。

自分のことを専門家にケアしてもらい、症状を改善しようとするのにも、エネルギーが要る。そんなエネルギーなんかこれっぽっちもなかった。

私は「さあ、働くぞ！」と意気込むでもなく、「もう少し休ませて下さい」とはっきり伝えるのでもなく、流されるままにリハーサルスタジオへ向かったのだった。

生後三ヶ月

両手いっぱいの花束

玄関の扉を開けると全ての部屋が真っ暗で、隊長の泣き声が響いていた。

「どうしたの⁉」

慌てて靴を脱いでリビングへ向かうと、夫が肩を落としてうなだれていた。隣では、隊長がソファの上でばたばたと手足を動かして泣いている。

「大丈夫？　何があったの？」

電気をつけ、私が隊長を抱きあげると、隊長はぐすぐす言いながら泣き止んだ。その姿を見て、更に肩を落とす夫。

「俺のこと嫌いなんだ……」

「えっ？」

「俺が何時間抱っこしても泣き止まなかったのに……」

夫の顔色は悪く、明らかに疲労困憊《こんぱい》していた。

私は初の全国野外ツアー『INSOMNIA TRAIN』の為に、ピアノの練習は勿論、リハーサル、映像や客入れ時のBGMやナレーションの作成、照明の確認、衣装やメイクの相談……そして新曲のレコーディングにエッセイの執筆と、日々やらなければならないことで溢れていた。

私が働いている間は、夫のワンオペ育児。

我が家の場合、出産によって生活が一変したのは夫の方だ。私は最初の一ヶ月こそ家で育児をしていたけれど、そこからは以前と変わらないスケジュールで働き、仕事のない時間を育児に当てている。

「パパのこと嫌いな訳ないじゃん。大丈夫だよ」

「サオリちゃんにはわからないよ、俺の気持ちは」

慰めようとしたのに撥《は》ね除《の》けられて、瞬時にカチンときてしまう。こっちだって、産後の体が癒《い》えないまま仕事に出て疲れているのに。私だって、隊長のそばにいたい気持ちを我慢しているのに。

「何が言いたいの？」

「サオリちゃんはいつも誰かと一緒に育児をしてるでしょ。お母さんとか、バンドメンバーとかスタッフとか。それとは全然違うんだよ。二十四時間ひとりで子どもを見てみてほしいって思うんだよ」

夫が訴える声を聞いていると、悲しみとも怒りともいえない感情が沸々《ふつふつ》と湧いてきた。

ひとりで見てほしいって、何？

子どもを見てほしいならわかるけど、子どもをひとりで見てほしいっていうのはつまり、私の育児は楽をしててずるいってこと？　もっと疲労を味わわせたい、ってこと？

こんなに疲れてるのに、もっとぼろぼろになれってこと？

考えていると、頭の中でホルちゃんスイッチが押された。

イライラとくよくよモードを経たホルちゃんは、仕事が始まって以降、新たにむかむかモードが搭載された。勢力は衰えるどころか、バージョン3までアップグレード。むかむかモードのホルちゃんは、饒舌《じょうぜつ》で攻撃的。ホルちゃん史上最恐のモードとなっている。

「あなたは私が子どもを一人で見て、キツイもう無理って泣けば満足するの？　やっと俺の大変さがわかったかって思う訳？」

「産後の傷も癒えないまま働きに出た私を、更に子どもをひとりで見ることで疲労困憊させたいってこと？　それで満足するってどういう感覚？」

「じゃあ私だって、働きながら妊娠出産して、育児もしながら一家の大黒柱になるプレッシャーを感じてみてほしいよ！」

きーーーー！

夫を見ると、涙の膜が目にかかっていた。喉仏が何度か上下して、出そうとした言葉を飲み込んでいる。もう限界だったことくらい、誰が見てもわかる。

そんなギリギリの状態の夫を、ホルちゃん（むかむかモード）が迎え撃ってしまった。暗い部屋で疲労困憊していた人間に向かって、マシンガンを連射。

腕の中で「あう」という子どもの声が聞こえる。ごめんねごめんねと思いながら、ぎゅっと抱きしめる。


夫は本当に、私に疲労困憊して、キツイもう無理と泣いてほしかったのだろうか。そうかもしれない。

私だって、夫に妊娠出産しながら働いてみてほしいと思うことがある。ホルちゃんに乗っ取られてイライラとむかむかに揺れながら、育児も仕事も同時並行でやってみてほしい、と思う。

同じ目にあわなければこの気持ちはわかる訳がない！　と思うくらい大変で、疲れているからだ。夫も、そんな気持ちで言ったのだろう。

もしもあの場で、

「そうだね、ひとりで大変なことを頑張ってくれてありがとう」とか、「疲れてるね、大丈夫？」と言うことが出来たら。

「わかった、ひとりで見てみるよ。でもあなたがもう少し休めるように、私も頑張るね」

とでも言えたら。

今頃小さなアパートのリビングで、新婚夫婦らしく夫と愛を囁《ささや》きあっていたかもしれない。両手いっぱいの花束を抱えるみたいに、家族ができた喜びを抱きしめられたかもしれない。

無理だった。

愛を囁くどころか、同意してあげることも、共感して慰めてあげることも出来なかった。

これがもし男女が逆で、育児で疲労困憊している女性に仕事から帰ってきた男性がこんな言い方をしたとしたら、きっと許されないだろう。

男性がメインで育児をするというマイノリティの環境の中、真っ暗な部屋で肩を落としていた夫を、もっと暗い場所へと突き落としてしまった。

ホルちゃんのむかむかモードが出るのは、決まって仕事が忙しく、プレッシャーに押しつぶされそうなとき。もっと子どもと一緒にいたいのに、それが叶わなくて、気持ちのバランスが取れていないとき。

朝から晩までリハーサルが続き、私も疲れ果てていた。

『INSOMNIA TRAIN』のリハーサルでは、ライブ用にリアレンジしたピアノフレーズを何度も間違えてしまった。今までは特別な努力をしなくても出来たことが全然できなくなっている。何だか、目の前にあるものに周波数が合わないのだ。

例えば夫やバンドメンバーが話しかけてきても、上手く聞き取れない。話しながら他のことを考えるだけで、急に違うチャンネルになってしまう。

TOKYO FMにチャンネルを合わせて音楽を聞いていたのに、いつの間にかニッポン放送でお笑い芸人が喋ってる!? みたいな。

話している途中で他の周波数に合ってしまって、

「おーい、サオリちゃん、無視?」

肩を叩かれて初めて、話の途中だったことを思い出す……ということが、何度も起きた。

「サオリちゃんは天才だから、集中してると聞こえなくなるんだねぇ」

深瀬くんが、冗談にして笑ってくれたのが救いだったけれど、私は何かの病気にかかったのではないかと心配になり、『会話　途中でできなくなる』とか『声　突然聞こえなくなる』というワードで何度も検索をかけていた。

壊れたラジオみたいにチューニングノイズを出しながら、何とか全国ツアーの周波数に合わせようとしていた。

生後四ヶ月

巨大な大根に水をあげる

『INSOMNIA TRAIN』全国ツアーは、熊本県農業公園カントリーパークから始まった。妊娠する前から計画されていたこのツアーは、音楽業界の中でも異例の大型野外ツアーで、各公演のセットを作るだけで何日もスタッフが寝泊まりしなくてはならない、大掛かりなものだった。

体はというと、お腹は引っ張られていた皮が余ってしわしわ、腕はたぷたぷ、太ももはむちむち、体重も二キロ減ったものの、妊娠前からプラス六キロ。『驚異の産後ボディ』を披露しているインスタのアカウントを、呪いたくなった。追い打ちをかけるように、男性スタッフから、

「お母さんらしくなったねえ！」

と言われ、静かにトイレで打ちひしがれた。

お母さんらしくなったという言葉を、素直に「顔がやさしくなったね」という褒め言葉

としてのみ受け取れ、というのは無理な相談である。こちとら何万人もの人の前でステージに上がる身。お母さんらしさは極力消したい。

私はステージに上がるとき、ピアノの脚を蹴《け》ってから弾き始めることが多い。

これはライブ前に密《ひそ》かにやっている儀式で、私が編み出したオリジナルの緊張回避法だ。

蹴ることで、ピアノに弾かれるのではなく、こちらが弾く、という関係性をハッキリさせるためのもの。

こちらがマスターで、貴方（ピアノ）はスレイブ。

「黙って私に弾かれてなさい」

というサディスティックな気分で脚を蹴ると、不思議なくらい緊張感が薄れていくので、ピアノを弾く方は騙《だま》されたと思って試してみてほしい。

私は椅子に座り、軽蔑した目で鍵盤を見下し、

「私が弾いてあげるんだから、びくびくしないで」

と思いながら毎回一音目を弾き始めた。ウンチやおしっこのオムツを替え、日々赤ちゃん言葉を話しているくせに、ステージの上では女王様のような気分。「アンタ誰やねん」とツッコミたくなるギャップだった。

順調に公演を重ねていけるだろうと思ったのも束の間、広島公演で私たちの代表曲の一つ、『Dragon Night』を演奏し始めたときのことだ。

立ち上がってアコーディオンを持ち、客席の左右の端まで行くために歩きながら楽器を弾いた。母乳をやめて暫く経っているのでもう胸は張らないし、楽器でおっぱいを押し潰しても母乳は出ない。リハーサルで何度やっても問題なく演奏できていたので、特に心配はなかった。

私たちメンバーがステージで飛び跳ねると、小雨の降る空の下、一万人が波打つのが見えた。森の中、木々が風でなびくような景色。命の放つエネルギーが空気を揺らしていて、興奮で体が痺《しび》れる。

下手《しもて》側の端まで辿り着くと、スポットライトが自分を捉え、大型ビジョンにアコーディオンを持った姿が映し出された。

目の前のカメラマンが自分を抜いているのがわかる。

客席を指差し、勢いよく決めポーズ！　……の瞬間、ぶるっと体が震えた。

何だかパンツがひんやりする。

背中に冷たい汗が流れる。

　バンド結成から十年、野外フェス中に雨が降ってびしょ濡れになったり、照明が熱すぎて汗でぐしょ濡れになったりしたことはあるけれど、パンツが冷たいなんてことは初めてだ。パンツが濡れるというのは、よっぽどの台風でもこないと起きないのに、今回は野外で、しかも大勢の人の前で、なかなかスペシャルな体験である。

　結果的にというか、客観的な事実としてというか、どうやらステージ上で尿漏れなるものが起きてしまった……らしい。

　光の線の中で煙がゆらゆら揺れている。

　ステージ上の煙は、光の線を見えやすくするために出していて、開場の何時間も前から少しずつ焚《た》いているものだ。煙がないと、あのごてごての照明機材の威力も大したことはない。

　尿漏れも、見えていなければ大したことはないのだろうか。

　スポットライトに照らされ、目の前がちかちかとする中で、股の冷たさが何よりもリアルだった。最前列のお客さんが泣きながら手を振っている。「サオリちゃん出産おめでとう」という手書きのカードをこちらに向けている人が見える。にこり。私の歴代衣装を手作りで着ている人が手を振っている。にこり。

どうしよう。泣きたい。

産後、骨盤底筋《こつばんていきん》の筋力が戻らず、気づかないうちに尿漏れしてしまうことは珍しくないらしい。この尿漏れは一般的な「漏らす」というのとは違い、立ち上がったりジャンプしたりしたときに、なんの感覚もなく尿がじゃーっと出てしまう。私の場合は、生理の血が勝手に出ている感覚に近かったと思う。

産後は生理が不定期にくることがあったので、大きめのナプキンをしていたことだけが救いだった（してなかったら、一体どうなっていたのか？）。

しかし、尿漏れというサウンドの恥ずかしさよ。

ただ筋力の低下で漏れただけなのに、おもらしと同じ恥ずかしさを感じてしまう。小学校三年生の頃、巨大な大根に水をあげる夢を見て、おもらしをしてしまったときと同じ気持ち。

でも、ここは産後に働くママとして、涼しい顔で恥ずかしくないと言い切りたい。もう声を大にして、メガフォンを持って、

「尿漏れ、恥ずかしくなーい！」

と言って回りたい。だって私、ステージで冷や汗をかいてすごく恥ずかしかったんだも

の。誰かに「そんなん普通のことだよ」と言われたいんだもの。

例えば「排尿無感覚症候群」とかいう名称だったら、恥ずかしいって感覚がなくなるんじゃないか。もっと医学感を前面に出せば、悩みも吐露《とろ》しやすいのかも。

「実は産後、排尿無感覚症候群になってしまって」

うんうん、みんながインスタグラムやツイッターでも言えそうな雰囲気。

私は結局、誰にも「尿漏れしちゃった」とは言えずに（まあ、言う必要もないのだけれど）、厳《おごそ》かにバックステージで下着をはき替えた。


ネオンで飾り付けられたセットは高さ三十メートル、横幅八十メートル。センターの看板には「NICE PEOPLE MAKE THE WORLD BORING」（善人は世界を退屈にする）と書かれ、隣には巨大なピエロが怪しく微笑んでいる。

移動式歓楽街を模した電車の形をしたセットの前で、客席を指差し、ピアノを弾きながら余裕の笑みをかました私。

そんなファンタジーの裏にある現実は、尿漏れでした。

推しを愛するオタク

六都市十二公演ある『INSOMNIA TRAIN』ツアーのうち、六公演は富士急ハイランドで行う。私は隊長を連れて山梨県へ向かった。

夫は、

「俺がみるから大丈夫だよ」

と言ってくれたけれど、数日なら隊長のお世話をしながらライブができるかもしれない、と、思い切って連れていくことにしたのだ。

メンバーと一緒に車に乗り込み、ホテルに到着。

部屋に入ったら離乳食とミルクをあげて、お風呂に入れて着替えさせ、用意してもらっていたベビーベッドに寝かしつける。

あたりが真っ暗になってから、イヤフォンをつけてピアノの練習を始めた。

カーテンを開けると照明チームがリハーサルをしていて、上空にレーザーや光の線が上がっている。カタカタと電子ピアノの鍵盤が鳴る隣で、隊長が寝息をたてて眠っているのが嬉しかった。

パートナーに子どもを任せきりにしてしまうのは、働く側にとっても大きなストレスがかかる……ということを、あまり声高には言えない。「子育てが辛い」というストレスが世の中に溢れている中で、「子育てが出来なくて辛い」と言っても、「じゃあもっとやれ」と言われるのはわかりきっている。

でも、任せきりにしたくなくても、そうなってしまう状況もある。というか、ほとんど毎日がそう。私だって、もっと仕事を減らして育児ができるならそうしたい、と何度も考えてきたけれど、スケジュールは一年以上前から決まっているものが多く、グループ活動なので私だけの気持ちでは決められない。

私はピアノの手を止めては、汗をかいている子どもの頭の匂いを嗅《か》ぎ、プハー！　と息を吐いた。汗臭いのに、満たされた気持ちになる。親というのは、推しを愛するオタクの一人である。

練習を終え、一時過ぎにベッドに入った。

そこから朝方にかけて、二度隊長が泣いた。

まだ五ヶ月の赤ちゃんは、たくさんの食べ物を胃に置いておくことが出来ず、寝ている間もお腹が空いてしまうらしい。その度に起きあがってぬるいミルクを作り、眠るまで抱いてあやす。

朝、ちょっぴり睡眠不足で隊長を抱きながら、カーテンを開けた。

どんっと目の前に聳《そび》え立つ富士山が眩《まぶ》しい。まるで大きな絵葉書のような景色が窓の外に広がっていた。

まだ朝早くだというのに、窓の下ではグッズを身につけたお客さんたちが道路を歩いている。

「みんなママたちのライブにくるんだよ」

話しかけてみると、隊長はまるでわかっているみたいに、あう！　と腕の中で跳ねた。

リハーサルに行ったのは、午前十時ごろ。

隊長を連れていったら、すぐにメンバーやスタッフが代わる代わる抱いてくれた。私がメイクしているときはなかじんとラブさんがミルクを、私がお昼を食べているときは深瀬くんが、みんな忙しければスタッフさんが、といったあんばい。

本番前はＭＣを考えたり楽器の練習をしたり、軽く運動をしたりとやることがたくさんあって、ほとんど暇がないのだけれど、メンバーは時間を見つけては隊長のところへきて、出来うる限りあやしてくれた。

そう、『みんなの子ども化計画』は大成功なのである。

もしメンバーから、

「ライブ前は、集中できないから子どもを連れてこないで」

と真面目に言われたとしたら、それは至極《しごく》真っ当な意見なのだけれど、私の心はばりんと砕けてばらばらになって、じゃあこれからどうやってバンドを続けたらいいの？と、泣き崩れてしまったんじゃないかと思う。

ベビーシッターを頼むことは出来たし、夫や母に見てもらうことも出来たけれど、私はどうしても隊長と一緒にいたい気持ちを抑えきれなかったのだ。

結局私は、夫もバンドメンバーもスタッフも、たくさんの人の手を借りるしかなかった。きっと色々思うことはあったと思うけれど、みんな文句を言わずに手を差し伸べてくれた。

生後六ヶ月になると、隊長がハイハイをして植木鉢があるところまで行き、きらきらした目でエバーフレッシュの木を見ていた。

「もう自分の行きたい場所に行けるようになったんだねえ！」

感動していたら、こちらを見ながらむんずと土を摑み、躊躇《ちゅうちょ》なく口へ放り込もうとするのでスライディングで止めた。まだ固形物を食べられないくせに、テレビを見ながらポテトチップスをつまむ大人と同じ動き。

隊長は自分で動けるようになってから、何か見つけては小さな指で摘んで食べようとするので気が抜けない。この時期は手ではなく、何でも口で確認するらしい。

なぜだろう。

放っておいたら何でも食べちゃう動物なんて他にいるだろうか。

育児書には「口に入れて情報を得ている」と書いてあるけれど、それならすぐに吐き出す機能をつけるべきである。

「お、これはちょっと硬い歯応えやな、ごっくん」はおかしい。何で飲み込むねん。命懸けで喉越し確認すな。

結局、トイレットペーパーの芯を絶対に通らないサイズのプラスチックおもちゃや木の積み木くらいしか渡すことができないので、得られている情報も限定的なはずだ。もはや子どもの成長というよりは、ちゃんと環境を整えられる親なのかを試されている気がする。

どんなに家を片付け、安全なおもちゃしか渡していなくても、隊長は小さなゴミを見つけては口に放り込もうとするので、近頃は盗塁を狙う野球選手のように走ったりスライディングしたりして生活している。

同時期、生理が再開した。

それ自体は嬉しくないけれど、過剰に悲しんだり怒ったりすることが少なくなってきたことを考えると、ホルモンバランスが整ってきた、ということなのかもしれない。

ホルちゃんは、残念ながらまだいる。あいつは静かに、こちらが油断するのを虎視眈々《こしたんたん》と狙っているだけで、いることはいるのである。いつも疲れているし、いつも体のどこかが痛いし、特に妊娠中に痛めた腰の痛みはひどいし、ほとんど毎日、睡眠不足ではある。でも、全く制御できないほど怒りが爆発したり、何もかもが一瞬で悲しみに染まるようなことはなくなってきた。

きっと、六ヶ月の赤ちゃんを育てていて、全然疲れていない人なんていないのだ。仕事に出ている時間以外は育児をしているので、自分の時間というものは基本的にゼロ。仕事も育児も、やるべきことはやってるし、これ以上、削る時間も頑張りようもない。

こんな感じで、仕事と育児をちょっと無理してやっていくしかないのかな、と、諦めのような覚悟を持ち始めていた頃。

不意を突くように、

「貴方の夫、ちょっと鬱《うつ》っぽいんじゃない？」

と友人に忠告された。

「え、どういうこと？」

「いや、昨日話したんだけどさ。相当疲れてるっていうか、暗いっていうか。少し寝かせてあげたほうがいいんじゃない？」

「え⁉」

夫はいつでもどこでも寝られる人で、不眠症を患っていた私からすれば眠りの天才。眠りオリンピックがあるなら、勝手にプロフィールをオーディションに送りたいくらいの才能の持ち主である。

だから、あの天才に限って寝てないことはないでしょうと思う一方で、いつも精神的に安定していた夫が暗くて疲れているのなら、より一層深刻なのかもしれない……と怖くなった。

そういえば出産から半年間、私は仕事と育児と、ホルちゃんに乗っ取られたり乗っ取られまいと格闘したりする日々が続き、夫の様子にはほとんど気を回せていなかったことに気づく。思い返してみれば、確かにＳＯＳは発されていた。

でも、夫が元気だったかどうかとか、夫がどんな様子だったかとか、全然思い出せないのである。

ある日、寝室を片付けていると、夫がぼそりと、

「何だか上手く笑えなくなった」

と呟《つぶや》いた。

友だちの言っていた通り。そしてこれは、産後うつのまま仕事を始めたときの私と、全く同じ感覚だった。

まさか夫も、産後うつ？

でも、産後うつって男性もなるの？　出産によるホルモンバランスの変化でうつになるんじゃないの？　と思ってスマホを開いた私。

ところが調べてみると、男性も産後うつになるらしい。

どうやら男性は心理社会的な要因やストレスで産後うつを発症することが多く、今や十一人に一人の割合でなるのだそう（これは女性とほとんど変わらない数字だとか！）。

そして妻が産後うつになった場合、その後夫が産後うつになる可能性は最大五十パーセントも上昇するそうです。ふむふむ。

どうやら我が夫婦、産後うつのお手本ブックに載れそうなくらい、わかりやすい産後うつになっているのかもしれません。

妻…生後一ヶ月で発症『あのときは自分が自分じゃなくなりました』
夫…生後半年で発症『妻の産後うつを乗り越えたら、笑えなくなっていました』

見出し完璧やな。

この半年の生活を振り返ってみると、育児をしている時間が長いのは圧倒的に夫の方。生活スタイルが一変し、思うように事が進まないストレスは私よりも強かったのかも……ということを、私はようやく認めた。

というのも、私は「夫の方が大変かも」と想像することが、結構難しかったというか、認めたくなかったようなところがある。

何故かというと、私の家庭内の立場は、一般的な大黒柱であるお父さんと同じで、でも、一般的なお父さんは、多くの場合、家事育児をあまりしていない。

だから「あのお父さんはウンチのおむつを替えたことがないらしい」とか、「あのお父さんは寝かしつけしたことがないらしい」と知ると、その度に、私、どのお父さんよりも家事育児を頑張ってるやん、と感じた。

それが段々、私は人より頑張ってるのだから、ケアしてもらって当然だと思い始めたのである。

でもそんなところだけ他人と比べ、傲慢な気持ちでいるということは、マイノリティな立場で育児をしていた夫の大変さを労《ねぎら》い、認めてくれる人がそばにいなかった、ということなのだとも気がついた。それがわかったのは、夫の立場を想像する余裕がようやくできたということかもしれない。

ツアーの合間に同時発売のアルバム『Lip』と『Eye』を作り終えると、あっという間に年の暮れになっていた。

生後一年　びび組

拙書『ふたご』には、十五歳の夏子が大切に思う相手との関係性に悩み、「愛は理性のことなんじゃないか」と考えるシーンを書いた。

なかなか切なくて良いシーンになったんじゃないかなと自画自賛していたのだけれど、三十二歳の私こと藤崎彩織の台詞《セリフ》には、補足を加えたい。

愛は、良質な睡眠とホルモンバランスの安定という土台の上に積み上げることのできる、理性のことなんじゃないか?

三十二歳の私は、寝てなくてホルモンバランスが乱れていたら、他人を愛するのはすごく難しいと思う。他人どころか、自分を大切にするのすら難しい。

産後一年が経ち、ようやく自分の心と体と性欲が戻ってくると、夫に対する感謝や愛しさが自然と湧き上がるようになった。

これは自分の気持ちだ、愛情だ、と思っていたものが、実はホルモンバランスや睡眠によって左右されるものだなんて、十五歳の夏子にはわからないだろう。

隊長が一歳になる少し前から、時間制の託児所にお世話になっている。用意の遅かった私たち夫婦は、渋谷区の保育園に電話をかけてみるも全滅で、とりあえず一時間千円で見てもらえる、託児所に預かってもらうことになった。のだけれど、折角預かってもらうようになったのに、とにかく時間が過ぎるのが速い。

小学校の頃、果てしなく長いと思った六時間授業が終わるのが四時だったのに、その四時が一瞬でくる。さっき九時に託児所へ送ったばかりなのに、もう四時。新曲のAメロのピアノを作っただけで、すぐ四時。

まるで、いつ見ても四時をしめす呪いの時計みたいだった。

子どもが生まれる前ですら、私は仕事が遅くていつも締切に追われていたのだから、託児所にいっている時間だけで仕事も家事も終わる訳がないのだけれど、それにしても経験したことのないスピードで時間が過ぎていく。

充実していると言えば充実してるし、要領が悪いといえばそうなのだけど、預けていくうちに夫も私もやりたいことへの欲が出てきて、最初は四時間保育だったのが六時間保育になり、えーいきょうは九時間お願いしたろかと、どんどん預かってもらう時間が増えていった。

でも、隊長を預ければ預けるほど、「本当にこれでいいのかな？」という不安グラフも同時に上がっていく。

まだよちよち歩きの子を預けてまで、アンタはやりたいことがあるんやな？　預けるときに「あーん！」と泣く隊長の手を振り解《ほど》いてまで、成し遂げたいことがあるんやな？　その覚悟を持って、働いているんやな？　と自問自答。いや、あの、そこまで言われるとな……と、自然と足取りが重くなる。

「無理にでも連れていけば、託児所では元気にやってるよ」

夫はそう言うけれど、私は仕事の手を止めてでも、隊長が泣いていれば気持ちが整うまで一緒にいてあげるべきなんじゃないかと悩んだ。夫が手を引っ張って連れていこうとすれば、

「もう少し気持ちを尊重してあげようよ！」

と口出しして、口論にもなった。

でも、実際息子のペースで通わせようとしたら、パズルをやって、絵本を読んで、おやつを食べて、好きな靴下と靴を選んで、一歩一歩自分で歩いて……って、託児所終わってまうわ！　となるのもわかっている。やっぱりどこかで、区切りをつける必要はある。

まだ不慣れな子育てのやり方を夫婦で話し合い、お互いの主張が少しずつ食い違い、結局、託児所に行き始めても私たちは疲れていた。


そんな押し問答を繰り返していた頃。

「一緒に仕事をしてほしい」

深瀬くんが言った。私ではなく、夫に、である。

夫は役者をしているが、アートワークや映像、服飾に詳しいことを評価され、仕事をオファーされたのだ。

仲のいい友だちにオファーをするのは、SEKAI NO OWARIのチーム内ではままあること。深瀬くんのフィーリングがびびびっときて一緒に仕事を始めた友だちは数人いて、夫も同じように『びびび組』としてスカウトされたということになる。

ジャケットデザインからツアーグッズのアートワーク、衣装、カメラマンのセレクト、極め付けはMV監督まで……ありとあらゆるビジュアル制作を依頼したいと言う。

周りには「結婚生活を維持するには、絶対にパートナーと一緒に仕事をしないほうがいい」と言う人が多くいたので、私としてはあまり気の進む話ではなかったけれど、夫の気持ちが仕事に向いているのは明らかだった。

「俺、やってみようと思うんだけど、いい？」

「う、うん、応援するよ」

そう言いながら、心の中ではもう最悪、離婚覚悟やなと思っていた。

お互いの産後うつも良くなり始め、隊長が託児所に通い、ようやく落ち着いてきたと思ったら、新たな試練が腕を組んでこっちを見ている。

ううう、何でこっち見るねん！

これで離婚したら恨むでえ、深瀬くん！

という訳で、急遽《きゅうきょ》、恐る恐る、夫とも仕事をすることになった。

夫に任されたのは想像していた以上の仕事量で、一気に忙しくなってしまい、あっという間に「託児所に何時間預けるか」なんて迷う余裕はなくなった。

時々、「家で出来る仕事なら、子どもがいても大丈夫じゃないの？」と言う人がいるけれど、フリーランスを代表して、絶対にできないと断言したい。

子どもを見ながら家で働くのは、鳴り続ける迷惑カスタマーからの電話対応をこなしながら、自分の仕事をするのと同じようなもの。

「はい、ですからお客さま、先ほどもお答えした通り、こちらのドライバーはお客さまがお持ちになると勢い余って目を突き刺してしまう危険性がありますし、重いのでお渡しできません。ああ、そのようにお泣きになられても、こちらとしては危ないとしか言いようがなく……」

という感じで、迷惑カスタマーと赤ちゃんは「そうですか、わかりました」と言って引き下がってはくれない。

だから私たちの選択肢はもう、週五日、フルタイム（九時間）で託児所に預けて働きながら保育園を狙う、その一択。

でも、夫婦共働きならまだしも、夫婦一緒に働くなんて、喧嘩が増えて、家の中でお互いぴりぴりして、二人とも疲れ切って、今までは想像できないくらい悪いことが起きるかもしれない。

私は目の前を手で覆い、指の間から進路を確認して、恐る恐る歩くしかなかった。抜き足差し足、慎重に前に進んでみると、暫くしても予期していたような問題は起きなかった。少しずつ手を顔の前からどかし、肩の力を抜き、ふうと息を吐き、改めて視界を見渡してみる。

むしろ楽しくないか、これ。

託児所問題にしても、選択肢がなくなったことで子どもを預ける罪悪感が薄くなった。だって、無理やもん、と開き直れることは、案外強い意志にもなり得る。

そして、夫が明るい。育児の割合が多かった頃と比べて、生気を取り戻している。家でも仕事の話になるのは息苦しいかと思ったけれど、そんなことはなく、お互いに仕事をするのが好きなのだとわかった。

夫が忙しくなったことで、もちろん私の家事育児の割合は増えている。

でも、やらなきゃいけない状況になって初めて、こんなに色んな家事を夫が一人でやってくれていたんだな、と恥ずかしながら気づいたこともある。

ゴミ袋を切らさないように買ってくれてたんだな、とか、いつも気づかないうちに季節家電をしまってくれてたんだな、とか。

そういうことを一つ一つ自分でやる度に、

「これ、やったことを相手が全く気づいてなかったら腹立つな」

と、夫の気持ちがわかったりするのだ。

生後二年

育児やる気マイル

子どもが二歳になると、急激に育児をする時間が増えた。

新型コロナウィルスの到来である。

予定していたドームツアー、イベント、展覧会などは軒並み中止、取材やプロモーション、レギュラーのラジオ番組、打ち合わせは全てリモートになり、緊急事態宣言下ではレコーディングすらリモートになり、ようやく入れた保育園も休みになった。

子育ては、夫と近くに住んでいる母の三人で分担するスケジュールを組んだ。唐突に、予想していなかったタイミングで、「もう少し子どもと一緒にいたい」という願いが叶うことになったのだ。

二歳になった隊長はというと、イヤイヤ期真っ盛り。

朝起きてご飯を出すと、まず始まるご飯イヤ。すかさず好物のパンやホットケーキを用意して食べさせることに成功しても、今度は着替えイヤ。

「子どものイヤイヤがひどいときは、二つか三つ選択肢を示して、本人に選ばせるといいでしょう」

育児情報の通り、トリケラトプスの緑のシャツとサメが泳いでいる水色のトップスを二つ出してみる。

「お着替え、イヤ！」

駄目である。隊長は号泣。何がそんなに悲しいのか、顔を真っ赤にして大粒の涙を落としている。

「じゃあパジャマのままでいる？　パジャマのままお外行きたかったら、そのままでもいいよ？」

「パジャマ、イヤァァァ！」

じゃあ早く脱ぎなはれ。

まあ、とにかく何でもイヤ。これ以上「じゃあどれがいい？」「どうしたいの？」と聞いても、あまり意味はない。酷いときは、「質問されるのがイヤ！」という理由で、更に泣きかねない。そんなときはあれこれ試してみてから、

「わ、ちょっと！　今、そこの木の所にネコちゃんいた！　え、見たー!?」

もう、外に向かって大声を出したりする。

勿論猫なんかいない。だから猫じゃなくて、タヌキでもウサギでもいいし、カッパとか妖精でもいい。

ポイントは、いかに大袈裟《おおげさ》に驚くか。とにかく場の空気を変えなければ、親の方が「イヤばっかり言うな！」と耐えられなくなる。

ま、まさかこんな所にネコちゃんが!? うっそーん信じられない!! 今日は超ラッキーだわ!!

隊長が泣き顔から一変、ハッと窓のそばにより、木のあたりを探しているうちに、私はなるべく自然にトリケラトプスを持ち、背後に立つ。

「白と黒の猫ちゃんだったんだけどな〜。小さかったから、まだ赤ちゃんだったのかな？　もしかしたら迷子だったのかも。すっごく可愛かったよ。おしっぽが長くて、木にくるくるって巻き付けてたんだよ？　くるくるくるーって」

嘘に嘘を重ねたストーリーを綴り続けながら、そおっと服を着替えさせる。教育にいいかどうかは知らないが、着替えている感覚を与えないことが秘訣である。

隊長は「くるくるくる」のサウンドが気に入ったのか、着替えながらケラケラと笑っていた。一緒にくるくるくる、と言いながら踊りでも披露すれば、完全にこっちのもの。所詮二歳児、可愛いもんよ。

と、ホッとしたのも束の間、今度は「靴下イヤ」「靴イヤ」「ベビーカーイヤ」「歩くのイヤ」が始まり、仕方なく抱っこしながら歩いていると、ふと冷静になった隊長が自分の胸にいるトリケラトプスをじっと見つめたりする。

「この服イヤアア！」

突然服を引っぱり、トリケラトプスの顔を無惨に横に伸ばす。ただ家から五分のコンビニにパンを買いに出かけるだけで、これである。

その度に猫ちゃんでも犬ちゃんでも妖精ちゃんでも借り出してくるのだけど、流石にこちらも疲れてくるので、「よっしゃ、パンなんていーらないっ！」と家に戻ったりもする。

イヤイヤ期について調べていると、子どもの方も感情をうまく言葉に出来なくて辛い時期なのだとわかった。

ついこの間の私でさえ、ホルちゃんによって感情をうまく言葉に出来ずに悩んでいたのだから、生まれて二年ばかしの君には無理だろうね！　と、その理由は大いに共感できる。

気持ちをうまく伝えられないときに怒られると、もっと苦しくなって、どんどん負のループに陥るんだよね。わかるわかる。泣いちゃうくらいわかる。

イヤイヤ期を『わがままだ』と思うと腹も立つけれど、『辛い時期なんだ』と考えると気持ちがわかるし、余裕を持って子どもと話ができる……

というのは綺麗ごとで、育児理論を学んだところで余裕は持てなかった。

そもそも、子どもの視点に立って向き合うためには、精神的、肉体的な余裕が要るのだけど、その余裕は子育てをしていると、みるみるなくなっていく。

仕事が『三歩進んで二歩下がる』という進み方なら、育児は『三歩進んで二歩下がり、二歩下がってから一歩進み、疲労困憊しているのに、気づけば一歩も進んでいないことに絶望し、最後は這《は》いつくばって一歩を踏み出す』という感じ。

一歩進むだけでも、膨大《ぼうだい》なエネルギーが必要なんだなあと思いながら、改めて仕事と育児のバランスについて考えている。


出産してから、隊長と一緒にいる時間がなかなかとれなくて悩んでいたのは既出の通り。

でも、いざ隊長と長期間一緒にいると、

「ああ〜！　最高！　もうずっと離れないで一生私が育児していたい！　仕事に戻りたく

ない！　ぶちゅぶちゅ！」

ということには、ならなかった。

どうやら私は産後すぐからずっと仕事があったので、『育児やる気マイル』が溜まりに溜まっていた様子。それはもう、ビジネスクラスでスコットランドのアイラ島に行って、ラフロイグ蒸溜所でウイスキーを飲みまくって、またビジネスクラスで帰ってくるくらい、溜まっていた（私の夢です）。

それが今回のタイミングで育児漬けになり、二年間溜め続けたマイルを使い果たし、「文章書きたい」「映画とか見たい」「仕事したすぎ」と、思うのだった。

いつも新鮮な気持ちで隊長と一緒にいることができたのは、働きに出ていることで常にやる気マイルのストックが溜まっていたから。

育児を思いっきりしたかった気持ちが満たされてみると、ようやく心の底から、

「私、働きたいんだ！」

と思えるようになった。

そして夫は、何度も育児やる気マイルがなくなりながら、育児をしてたのかもしれない……と、急に謎が解けたような気がした。

週一で子どもを見たときの「一日」と、週六で子どもを見たあと、七日目の「一日」で

は、疲労感も大変さも違うのだ。

「ううう、大変だったよね、ありがとう」という言葉が、コロナ禍を経て自然に溢れてくる。

仕事が忙しくなった夫が、同じように思ってくれていたら嬉しい。

どうだろう。恨まれていないことを願う。

くたくたのキムチ鍋

バンドメンバー二人にも子どもが生まれ、バンドを取り巻く環境も変わった。

パパ友であるなかじんは、自身も育児をしながら仕事をしていて、

「妊娠中と産後、サオリちゃんがどれだけ頑張っていたのか、どれだけ無理をしてたのか……ようやくわかったよ」

と、声をかけてくれた。

産前産後の疲れというのは根が深く、度々大変だった記憶が蘇《よみがえ》ってくるけれど、数年経ってから疲れが癒《い》えることもある。

ラブさんは特に気の利いた言葉をかけてくれることはないけれど（笑）、仕事の移動中に子どもの話をして、それ大変だよねーなんて言い合っている。

メンバーの中で唯一子どものいない深瀬くんは、相変わらず積極的に我が子と遊んでくれる。水族館に連れて行ったり、手を繋いでコンビニへ買い物に行ったり、お風呂に入れ

てくれたり。

「子どもがいるときに仕事なんかできないね」

理解しようと努めてくれているのか、しょっちゅう労《ねぎら》いの言葉をかけてくれる。それぞれの家族やパートナーを呼んで、みんなで遊ぶようにもなった。

こう書くとあまりに恵まれた環境のように思えるけれど、でもそうでなければ、バンドと家族のどちらも大切にするのは無理だっただろう。

親になったら、子どもがそばにいるのは当たり前なのだから。

そう堂々と言えるまでには、三年かかった。

私は大きな変化が訪れている妊娠時、

「全然変わらずに仕事ができるんだね」

「何も変わらないね」

と言ってもらいたくて仕方がなかった。

仕事をしていると、家庭を顧《かえり》みないことや子どもの匂いがしない人が賞賛されたり、家事育児をパートナーに全て委《ゆだ》ねて、いつでも一人で出かけられることが「デキる人」みたいに扱われる風潮がある。音楽業界にもびゅうびゅう吹いていたその風を、私も受けた。

でも今の私は、そうなりたくない。

子どもが生まれてから、自分の送ってきた人生について考える機会が増えた。子どもの反応を見ながら、自分の母や父がどういう風に私を育ててくれたのかを思い、何故自分がこういう性格になったんだろう、と考える。

「私の一番大切なものって、何だったっけ?」

というシンプルな疑問にちゃんと向き合えるようになったし、濁りのない感情と向き合ったことで、自分には呪いのようなフィルターがたくさんかかっていたことにも気がついた。

私は子育てをして、少しずつ変わってきていると思う。朝起きて夜眠るようになった。定期的に運動をするようになり、精神的な揺らぎが少なくなった。

だからもうこれからは、「子どもができても変わらないね」と言われることを目指さなくていい、と思う。

子どもを妊娠出産したら、変わって当然なのだから。

デビュー前からずっとバンドに流れていた『結果を出すまで走り抜こう』という空気は、新型コロナウィルスの蔓延《まんえん》と子どもたちの出現によって、『長く走れる方法を考えよう』

『楽しくやれる方法を考えよう』という風に変わってきている。

もっと育児をしたかった時期やもっと仕事をしたいと思う時期を経て、段々と、自分がどんなお母さんになりたいのかがわかってきた。

私は思いっきり働く姿を子どもに見せながら、一緒に成長していきたいのだ。


夫と二人、仕事で疲れて帰ってきて、急いでご飯を用意する。

夫がキムチ鍋の具材を切ってくれている間、私は隊長に小さなおにぎりと唐揚げを出して、テーブルを片付けた。

「ご飯できたよ、たべよー」

ＬＥＧＯで遊ぶ隊長を抱っこして椅子に座らせるやいなや、慌てて椅子から降りた。小走りでリビングを駆け抜け、ソファの陰に隠れて小さくなっている。

「あれ、隊長どうしたの？」

問いかけた瞬間、ピンとくる。

隊長はトイレトレーニング中で、おむつではなく『おにいさんパンツ』をはいているのだ。保育園の先生から「同じクラスでトイトレが終わってないのは、息子さん含めてあと三人」と言われ、焦ってはかせているところだった。

きたか。

隊長に「出たの？」と聞くと、怒って「出てない！」と答える。

何故そんな嘘をつくのか理解できないけれど、面倒な気持ちが不快感を上回り、パンツを替えたくないと思うのか、出ていても出ていなくても、「出てない！」と怒る。

ズボンをめくって確認すると、やっぱり大の方が出ていた。

「ちょっと洗ってくるわ」

「ああ、ありがとう。じゃあその間に着替えさせておく」

夫と連携を取り、私はずしっと重いサメの絵柄のパンツを手に持った。

隊長が三歳になって最初に悩んだこと。

ウンチのついたパンツを洗う正しい場所は、どこなのか？

顔も洗う洗面所では気がひけるし、キッチンなんてもってのほか。お風呂場で洗えば匂いがこもるし、庭の水道で洗って臭くなったら手入れが大変そう。でも毎回パンツを捨てていたらきりがない。

みんなウンチパンツをどこで洗っているの？

「そんなのね、トイレの便器の水でぱっぱと洗ったらええねん」

当然のように母が言うので驚いたけれど、冷静に考えてみればそれ以外ないような気もした。私はトイレの便器に手を突っ込んで、パンツをごしごし洗う。携帯を落としたときですら、便器の水に手を突っ込むのは躊躇《ちゅうちょ》したのに、トイトレが始まってからはほぼ毎日便器の水に手を突っ込んでいる。

汚れの落ちたパンツを洗濯機に放り込み、自動ボタンを押してから私はようやく席についた。入念に石鹼で洗ったけれど、手から臭ってくるような気がする。

落ち着いて食べられなくても、鍋は温め直せるからいい。ニラはくたくたになってしまったけれど、白菜やきのこがいい具合のキムチ色に染まっている。

仕切り直して、夫と二人で缶ビールを開けた。二人とも麦色の液体をグラスに注ぎ終わると、何も言わずにグラスを合わす。リビングにキン、と小さな音がした。お疲れ、とも乾杯、とも言わない夫とのこの動作が、私は好きだった。

一人では食べないけれど、誰かと一緒に食べると美味しいものはたくさんある。キムチ鍋もその一つ。

「雑炊たべる？」

「たべよう」

ついさっきまで便器に手を突っ込みながらウンチを除いていても、うっすら手が臭うなと思いながらも、食欲は衰えず、しっかり雑炊に卵まで入れて食べた。食べなきゃ。親でいるには、家族を幸せにするには、エネルギーがたくさん要る。

子ども部屋の扉を開けると、涼しい風が吹いた。

電子レンジで作ったキャラメルポップコーンをテーブルに置き、プロジェクターでアニメ映画を壁に映した。隊長の右側には、彼の好きなサソリやムカデ、カブトムシやクワガタなどの昆虫フィギュアが一緒に映画を見るために並べられている。

ソファに座った夫はレモンサワーを飲んでいて、私はラフロイグ十二年のロックを作った。隊長が映画に夢中になっている間に私は携帯で仕事のＬＩＮＥを返し、夫はＰＣで仕事をし、飛ばし飛ばしでアニメを見て、時々夫とお互いの飲んでいるものを交換する。

三十分ほどすると、隊長がうとうとし始めた。

プロジェクターを消し、ふにゃふにゃと力が抜けている隊長を抱いて、夫と一緒に寝室へむかった。腕の中で、既に目をつぶって小さく息をしている、まあるくてあたたかい生き物をそっとベッドにおろす。

ぷっくりと膨らんだ頬、細いまつ毛の影。とがった唇、太陽にさらしたお布団のような匂い。

こんなに幸せなのに、幸せだと気づくのはなんて大変なのだろう。

私も夫も、息子は可愛いけれど、ずっと育児だけをするのは向いていない。

夫婦は助け合わなくてはいけないけれど、ただ平等を追い求めても幸せにはなれない。

そんなことがわかるまで、どれだけ傷つき、傷つけ合ってきただろう、と思い返すけれど、この先も隊長と夫と家族でいる限り、そんな日々を繰り返すような気がする。

傷つけ合わないことは難しいので、せめてその後に癒し合い、労《ねぎら》い合えるところを目指したい。

窓を開けたら、頬を撫でるような風が流れてきた。

夫と二人で、暫く隊長の寝顔を眺めていた。

あとがき　生後五年

土付きネギ三本セット

このエッセイを書きながら、

「あかん、子育て夫婦の話は入りきらへんわ」

と何度も思った。

結婚して夫婦になった話や妊娠出産、子育ての話は入る。これは入るな、これも大丈夫やな、と持ってきたエコバッグにぽいぽい入れられる。でも、子育て夫婦の話だけが、土付きネギ三本セットのようにバッグからはみ出し、必要以上に存在感を放ち、全体のバランスをぐらつかせてしまうのだ。

夫とは、五年間子どもを一緒に育ててきた。

人生にはこんなに幸せなことがあるんだと思う一方で、こんなに辛いことに耐えなきゃいけないのかと思う日もあった。泣きながら話したり、ＬＩＮＥで長文を送ったり、「さあ、私への不満をここに書きたまえ！」と、夫に向かって紙を差し出した日もあった。

そんな内容を書いた翌日、原稿を読み返して、

「いやいや、流石にここまででかいネギは持って帰られへんわ」

と冷静にデリートを押し、

「うーん、こっちやな」

と、手に持てるバランスのものを選び直したりもした。

子どもを育てながら夫婦一緒に生活することを、「安定してる」とか「刺激がない」と言う人がいるけれど、どこがやねん！　と思う。

隊長と夫と家族として一緒に暮らす五年間は、夫婦が努力しなければいつでも壊れていたと思う。五年間ずっと大変で刺激的で、面白さと新しさに溢れていた。

そんな我が家は、隊長が四歳になった頃から「意図的ワンオペシステム」を導入している。

意図的ワンオペシステムとは、家族三人で過ごせる休日の時間をあえて分解し、親のどちらかがワンオペ育児をし、どちらかが一人の時間を作る、というもの。

例えば、ある日曜のタイムスケジュール。

朝七時に起床。みんなで朝ごはんを食べ、家事をすませる。

九時から午後三時までは、ママターン。私と隊長が一緒に公園などへ遊びに行き、お昼を食べる。三時以降は、パパターン。三時から九時まで夫が家で遊び、寝かしつけまでする、といった感じ。

そうすると、育児をしていない方の手が空く。

家族だから、休みだからといって三人でいる時間を無理に取らず、お互いにやりたい仕事をしたり、本を読んだり、映画を見たりと、なるべく自由時間を作りましょうというシステムである。

何故こんなシステムを採用しているかというと、私も夫もお互いにもっと仕事がしたかったから……というのは勿論だけど、傷つけ合ったり罵《ののし》り合ったり諦めたり、世間の子育て夫婦と何ら変わりない喧嘩を繰り返しながら、私たちは理解したのだ。

一人で育児をするのは大変だけど、二人で育児をすれば必ずしもそれが二分の一になる訳ではない、と。

むしろ二人で育児をしているときの方がイライラしたり、疲れたりすることだってあるというのが育児の恐ろしいところなのである。

割り切ってみるとこれが案外いいシステムで、私たち夫婦は以前より、それぞれの時間に集中できるようになった。

一対一で隊長と向き合ったり、お互いに感謝しながら自由な時間を楽しんだり、以前より少なくなった家族時間をめいっぱい楽しむようになったり。

「家族だからなるべく一緒にいよう」という既成概念を捨てて、「家族だから、それぞれが幸せになれるようにしよう」という考えにシフトチェンジ。今のところ、ニューシステムは上手く機能しているように思う。

そして自由な時間を持ってみると、夫や隊長を愛しく思い、自分が幸せだと実感するのは、いつも一人でいる時間だということも身に染みて思う。

幸せを感じるには、ある程度の暇も必要なのかもしれない。

夫とは、相変わらず一緒に仕事をしている。

十年前に出会った頃は、バンド活動が忙しく、仕事を忘れて休める場所が欲しいと思って夫と付き合い始めたのに、不思議なものである。

彼は六作連続でSEKAI NO OWARIのミュージックビデオの監督としてビデオを制作し、六作目『Habit』では、MTVにて年間で最も優れた作品に贈られる『Video of the Year』を獲得、YouTubeでは、二〇二二年、日本で最も再生されたミュージックビデオとして表彰された。

そして年末、バンドは日本レコード大賞を受賞。家の中はトロフィーだらけになり、夫と私は、公私共にチームメイトとなった。

まさかこんな日が来るとは、と思わずにはいられない。

「ありがとう」と「おめでとう」を言い合い、嬉しくて泣いている夫と抱擁できる日がくるなんて、ね。


隊長と過ごしたいと思いながら産後すぐに働いたことは、正解だったのか、間違いだったのかと、度々考えてきた。

未だにもっと隊長のそばにいるべきだったと思う日もあれば、母親になっても仕事を失わずに働けているのは、あの時期に頑張ったからだな、と思う日もある。

もしもあの時期にしっかりと育休があったとしても、仕事が出来ないことや育児で悩み、結局他の問題にぶつかっていたような気もする。

どの道に行っても、困難が待ち受けていたのだとすると、これで良かったと考えるしかないな、とも思う。


きっとこれから、家族のバランスもどんどん変わっていくのだろう。楽しみだし、怖くもある。

この先一生親でいることは決まっているけれど、この先いつまでも夫婦でいられるとは限らない。どんなに考え方が変わっても、お互いの幸せを尊重できる関係でいられたらいいけれど、人生には暗い海にどぼんと落っこちてしまうような時期があることも、知っている。

今のところは、「ずっと一緒にいられたらいいなあ」という願いを込めて、乾杯しておこう。

藤崎彩織（ふじさき・さおり）

一九八六年大阪府生まれ。二〇一〇年、突如音楽シーンに現れ、圧倒的なポップセンスとキャッチーな存在感で「セカオワ現象」と呼ばれるほどの認知を得た四人組バンド「SEKAI NO OWARI」では〝Saori〟としてピアノ演奏とライブ演出、作詞、作曲などを担当。研ぎ澄まされた感性を最大限に生かした演奏はデビュー以来絶大な支持を得ている。文筆活動でも注目を集め、二〇一七年に刊行された初の小説『ふたご』は直木賞の候補となるなど、大きな話題となった。他の著書に『読書間奏文』『ねじねじ録』がある。

ざくろちゃん、はじめまして

二〇二三年四月二五日　第一刷発行

著　者　藤《ふじ》崎《さき》彩《さ》織《おり》

編集・発行人　篠原一朗

発行所　株式会社　水鈴社
ホームページアドレス　https://www.suirinsha.co.jp/
電話　〇三-六四一三-一五六六（代）
この本に関するご意見・ご感想や、万一、印刷・製本などに製造上の不備がございましたら、お手数ですがinfo@suirinsha.co.jp までご連絡をお願いいたします。

発売所　株式会社　文藝春秋
〒一〇二-八〇〇八
東京都千代田区紀尾井町三-二十三
電話　〇三-三二六五-一二一一（代）
販売に関するお問い合わせは、文藝春秋営業部までお願いいたします。

印刷所　萩原印刷
製本所　加藤製本
校　正　坂本文

定価はカバーに表示してあります。

ISBN978-4-16-401005-1
JASRAC 出 2302062-301